Junot Díaz, 31 Aralık 1968'de, Dominik Cumhuriyeti'nde Santo Domingo'da dünyaya geldi. Díaz altı yaşındayken ailesiyle birlikte New Jersey'ye göç etti. Rutgers Üniversitesi'nden mezun olduktan kısa süre sonra, birçok kitabının anlatıcısı olarak kurguladığı "Yunior" karakterini yarattı. Cornell Üniversitesi'nde yaratıcı yazarlık üst lisansı yaptıktan sonra bir öykü derlemesi olan ilk kitabı *Boğul* (1996) yayımlandı. 2002'de Pen/Malamud Ödülü'nü Ursula K. Le Guin ile paylaştı. Díaz 2008'de ilk romanı *Oscar Wao'nun Kısa Tuhaf Yaşamı* ile Pulitzer Ödülü ve Ulusal Kitap Eleştirmenler Ödülü'nü kazandı. 2012'de *Ve İşte Onu Böyle Kaybedersin* isimli öykü kitabı yayımlandı. Bu kitapla Ulusal Kitap Ödülü finalisti oldu. Aynı yıl 500.000 dolar değerindeki MacArthur Dâhi Bursu'na layık görüldü. MIT'de yaratıcı yazarlık dersleri veren Díaz *Boston Review* dergisinde de editör olarak çalışıyor. Junot Díaz aynı zamanda Georgia'da kaçak göçmenlere lise sonrası eğitim veren gönüllü bir kuruluş olan Freedom Üniversitesi'nin de danışmanlar kurulunda yer alıyor. Díaz, 2018'de Pulitzer'in yönetim kuruluna katıldı ama kısa süre sonra Zinzi Clemmons ve başka yazarların taciz iddiaları nedeniyle görevi bıraktı. Bu iddiaların yapılmasından haftalar önce *New Yorker*'da yayımlanan bir yazısında sekiz yaşında tecavüze uğradığını anlatan Díaz'ın yazısı dürüst ve güçlü bir metin olarak görülse de suçlamaların etkisini azaltmak için yayımlamış olabileceğine dair eleştiriler de aldı. MIT'nin bağımsız hukuk firmalarıyla yaptığı soruşturmalarda üniversitedeki görevinden atılmasını sağlayacak bulgulara rastlanmadığı için oradaki görevine devam etmektedir. #MeToo hareketinin ... ...'lebeli zamanında yaşanan bu olay, böyle i... ... ...nde ırk ve etnik kökenlerin oynadığı rol... ... ...ebep oldu.

D1437566

Boğul
Junot Díaz

Özgün Adı
Drown

İthaki Yayınları - 1894
İthaki Modern - 42

Yayın Yönetmeni: *Alican Saygı Ortanca*
Sanat Yönetmeni: *Hamdi Akçay*

Dizi Editörü:*Yankı Enki*
Yayıma Hazırlayan: *Burcu Uluçay*
Düzelti: *Emirhan Burak Aydın*
Kapak Görseli ve Tasarım: *Hamdi Akçay*
Grafik Uygulama: *B. Elif Balkın*
1. Baskı, Haziran 2021, İstanbul
ISBN: 978-625-7650-86-1
Sertifika No: 46603

İthaki™ Penguen Kitap-Kaset Bas. Yay. Paz. Tic. A.Ş.'nin tescilli markasıdır.
Caferağa Mah. Neşe Sok. 1907 Apt. No: 31 Moda, Kadıköy-İstanbul
Tel: (0216) 348 36 97 – Faks: (0216) 449 98 34
editor@ithaki.com.tr – www.ithaki.com.tr – www.ilknokta.com

Kapak, İç Baskı: Deniz Ofset Matbaacılık
Maltepe Mah. Hastane Yolu Sok. No: 1/6, Zeytinburnu-İstanbul
Tel: (0212) 613 30 06 denizmatbaamucellit@gmail.com
Sertifika No: 48625

JUNOT DÍAZ

BOĞUL

ÇEVİREN: AVİ PARDO

ithaki

Yayıncının Notu

Kitap içerisinde geçen İspanyolca kelimeler için kitabın
sonunda bir sözlük mevcuttur. (bkz. 153-158)

Para mi madre,
Virtudes Díaz.

İÇİNDEKİLER

Ysrael 11

Parti, 1980 24

Aurora 41

Aguantando 56

Boğul 72

Erkek Arkadaş 86

Edison, New Jersey 91

Esmer, Siyah, Beyaz ya da Melez Bir Kız Nasıl Tavlanır 107

Yüzsüz 112

Negocios 118

Size İngilizce yazıyor olmam
söylemek istediklerimi
halihazırda tahrif eder.
Konu:
Başka hiçbir yere
ait olmamama rağmen
size İngilizceye ait olmadığımı
nasıl izah edebileceğim.

Gustavo Pérez Firmat

YSRAEL

1.

Rafa birdenbire olduğu yerde durup başını benim duyamadığım, çok uzaktan ışınlanmış bir mesajı dinlemeye çalışıyormuş gibi yana eğdiğinde bir ayak işi için *colmado*'ya yürüyorduk, *tio*'ma bira alınacaktı. Colmado'ya yaklaşmıştık; müziği ve sarhoşların yumuşak seslerini duyabiliyorduk. Dokuz yaşındaydım o yaz, fakat abim on iki yaşındaydı ve Ysrael'i asıl görmek isteyen oydu. Barbacoa'ya doğru bakarak, Şu çocuğu ziyaret etmeliyiz, dedi.

2.

Annem Rafa'yla beni her yaz *campo*'ya gönderirdi. Çikolata fabrikasında uzun saatler çalışıyordu ve okulun kapalı olduğu yaz aylarında bize bakacak ne zamanı ne de enerjisi vardı. Rafa'yla tio'larımızın yanında kalırdık, Ocoa'nın hemen dışındaki küçük ahşap evin bahçesinde gül ağaçları ışıldar, mango ağaçları, altında dinlenip domino oynayabileceğimiz geniş bir gölge yayardı fakat campo Santo Domingo'daki *barrio*'muza hiç benzemezdi. Campo'da yapacak bir şey, görecek kimse yoktu. Televizyon ve elektrik yoktu. Yaşça benden daha büyük ve daha fazla beklentisi olan Rafa her sabah hoşnutsuz ve öfkeli uyanırdı. Üzerinde şortuyla avluda durup dağlara, su gibi biriken sise, dağlarda alev alev parlayan mercan ağaçlarına baktı. Bu, dedi, bok.

Boktan bile kötü, dedim.

Evet, dedi, eve döndüğümde sapıtacağım – bütün kızlarıma *chinga*, sonra düzüşme sırası diğerlerine de gelecek. Deli gibi dans edeceğim. Dört beş gün aralıksız dans edip rekorlara geçen tipler var ya, onlar gibi olacağım.

Tio'm Miguel bizi çalıştırırdı (genellikle tütsü kulübesi için odun kırar ve eve nehirden su taşırdık) fakat işimizi gömlek çıkarır gibi halleder ve günün kalanında kendimize yapacak bir şeyler bulmaya çalışırdık. Derelerde *jaiva* yakalar, asla orada olmayan kızları görmek için saatlerce yürüyüp vadiyi geçerdik; hiçbir zaman yakalamadığımız *juron*'lara tuzak kurar, soğuk su kovalarıyla horozlarımızı zindeleştirirdik. Kendimizi meşgul etmeye çabalardık.

Ben bu yazlardan nefret etmez, Rafa gibi onları unutmazdım. Başkent'teki mahallemizde Rafa'nın kendi arkadaşları vardı, komşularımızı hor gören, duvarlara ve kaldırımlara *chocha* ve *toto* yazan serseriler. Rafa Başkent'teyken bana, Kapa çeneni, *pendejo*, dışında pek bir şey söylemezdi. Tepesi attığı zamanlar dışında tabii ki, o zaman bana söylemediğini bırakmazdı. Çoğu tenimin rengiyle, saçımla, dudaklarımın büyüklüğüyle filan ilgiliydi. Haiti kanı, derdi arkadaşlarına. Hey Bay Haitili, annem seni sınırda bulmuş ve *sana* acıdığı için eve almış.

Ona karşılık verecek kadar aptallık yaptıysam –sırtında çıkan killardan ya da *pinga*'sının limon gibi şiştiği zamanlardan bahsetmişsem– beni marizlemeye başlar ve ondan kaçmak için var gücümle koşmak zorunda kalırdım. Başkent'te Rafa'yla o kadar çok kavga ederdik ki komşularımız bizi ayırmak için üzerimizde süpürge kırarlardı, fakat campo öyle değildi. Orada arkadaştık.

Dokuz yaşında olduğum yaz, Rafa bütün bir öğleden sonrayı bana o sıralar takılmakta olduğu *chica*'yı anlatarak geçirebilirdi – campo'lu kızlar kentteki kızlar gibi vermiyorlardı ama öpüşmeleri üç aşağı beş yukarı aynı şeydi, bana dediğine göre. Campo'lu kızları yüzmek için baraja götürür ve talihi varsa onlar da ağızlarına ya da kıçlarına sokmasına izin verirlerdi. *La Muda*'yı annesiyle babasının haberi oluncaya kadar bir ay boyunca becermişti, ondan sonra kızın evden çıkmasını tamamen yasaklamışlardı.

Bu kızları görmeye giderken her seferinde aynı şeyleri giyerdi – babamın ona geçen Noel'de New York'tan gönderdiği gömlek ve pantolon. Ben her seferinde onu izler, benim de gelmeme izin vermesi için onu ikna etmeye çalışırdım.

Eve git, derdi. Ben birkaç saat sonra döneceğim.

Sana eşlik edeceğim.

Senin bana hiçbir yere eşlik etmene ihtiyacım yok. Sadece beni bekle.

Devam edecek olsam omzuma bir yumruk atar ve ondan geriye sadece gömleğinin yaprakların arasındaki boşluğu dolduran rengi kalıncaya kadar yürür giderdi. İçimde bir şey salyangoz gibi sarkardı. Arkasından adını seslendiğimde daha hızlı yürümeye başlar, çalılar, dallar, çiçekler titreşirdi.

Neler yaptığını bana daha sonra, yatağa uzanmış, çinko çatıda cirit atan fareleri dinlerken anlatabilirdi. *Teta*'lara, chocha'lara ve *leche*'lere dair şeyler duyardım ve bana bakmadan konuşurdu. Yarı Haitili bir kızı görmeye gitmiş ama sonunda kız kardeşiyle takılmıştı. Sonra Coca-Cola içerse hamile kalmayacağına inanan bir başka kız vardı. Bir de hamile olan fakat hiçbir şeyi umursamayan bir kız. Ellerini başının arkasına kenetler, ayak bileklerini birbirinin üstüne atardı. Yakışıklıydı ve ağzının kenarından konuşurdu. Anlattıklarının çoğunu anlamayacak kadar küçüktüm, fakat yine de dinlerdim, bir gün işime yarayabilirdi.

3.

Ysrael farklı bir hikâyeydi. Ocoa'nın bu yakasında bile insanlar onun adını duymuşlardı; bebekken bir domuzun yüzünü yediğini, derisini portakal kabuğu gibi soyduğunu biliyorlardı. Konuşulacak şeydi, adı çocukların çığlık atmasına neden olan biri, el Cuco'dan* ya da Calusa'nın† *la Vieja*'larından bile kötü.

Ben Ysrael'i ilk kez bir yıl önce görmüştüm, baraj inşaatı tamamlandıktan hemen sonra. Köydeydim ve aylak aylak dolaşırken gökyüzünde tek pervaneli bir uçak belirdi. Uçağın gövde kısmında bir kapı açıldı ve adamın teki rüzgâr onları alır almaz gökyüzünde patlayıp binlerce el ilanına dönüşen kalın desteler fırlatmaya başladı. Uyku çiçeklerinin yaprakları gibi aşağı süzüldüler ve bunlar siyasetçilerin değil güreşçilerin el ilanlarıydılar. İşte biz çocuklar o zaman bağrışmaya başladık. Uçaklar genellikle sadece Ocoa üzerinden uçarlardı, fakat el ilanları fazla basılmışsa yakın köylere de atarlardı, özellikle büyük bir maç ya da önemli bir seçim söz konusuysa. Kâğıtlar haftalarca ağaçlara tutunurlardı.

Ysrael'i bir ara sokakta gördüm, ince ipi çözülmemiş bir el ilanı destesinin üzerine eğilmişti. Maskesini takmıştı.

Ne yapıyorsun? diye sordum.

Sence ne yapıyorum? diye karşılık verdi.

Desteyi kaptığı gibi sokakta koşmaya başladı. Diğer çocuklar da onu fark ettiler ve dönüp arkasından bağırmaya başladılar fakat Ysrael, ah *Coño*, çok hızlı koşuyordu.

Ysrael o işte! dediler bana. O *çirkin* ve burada bir kuzeni var, ondan da hoşlanmıyoruz. Yüzünü görsen *kusarsın!*

Daha sonra eve döndüğümde abime anlattım. Yatağında doğruldu. Maskenin altını görebildin mi?

---

* Birçok Latin Amerika ülkesinin folklorunda geçen hayalet ve canavar arası varlık; öcü. *—yhn*

† Florida'nın güneybatı kıyısında yaşamış olan yerli Amerikalılar. *—yhn*

Hayır.

İşte bu gidip bakmamız gereken bir şey.

Kötüymüş duyduğuma göre.

Onu aramaya çıkmamızdan bir gece önce abim uyuyamadı. Cibinliği tekmeledi ve ağın bir yerden biraz yırtıldığını duydum. Tio'm bahçede arkadaşlarıyla gevezelik ediyordu. Tio'nun horozlarından biri bir gün önceki dövüşte rakibini perişan etmişti ve o da onu Başkent'e götürmeyi düşünüyordu.

Burada insanlar üç kuruş bahis oynarlar, diyordu. Sıradan *campesino* sadece kendini talihli hissettiğinde büyük bahis oynar ve kaçı kendini talihli hisseder?

Sen şimdi kendini talihli hissediyorsun.

Ne doğru söyledin. Bu yüzden kendime büyük oynayan bahisçiler bulmalıyım.

Ysrael'in yüzünün kaçta kaçı gitmiş acaba, dedi Rafa.

Gözleri duruyor.

O kadarı da çok, diye kesin konuştu. Domuzun ilk olarak gözlere saldıracağını düşünürsün. Göz yumuşak ve tuzludur.

Sen bunu nereden biliyorsun?

Yaladım bir keresinde, dedi.

Kulakları gitmiştir belki.

Ve burnu. Çıkıntı oluşturan her şey.

Herkesin hasar konusundaki fikri farklıydı. Tio'm o kadar kötü olmadığını fakat babasının oğluyla alay edilmesini istemediği için ona maske taktırdığını söyledi. *Tia*, yüzüne bakarsak hayatımızın sonuna kadar üzgün kalacağımızı söyledi. Zavallı çocuğun annesi bu yüzden günlerini kilisede geçiriyordu. Ben hiç birkaç saatten fazla üzgün kalmamıştım, bir ömür boyu sürecek bir üzüntü düşünmek ödümü patlatmaya yetti. Abim gece boyunca yüzümü bir mangoyu mıncıklar gibi mıncıklayıp durdu. Yanaklar, dedi. Ve çene. Fakat alın çok daha zordur. Derisi gergin.

Tamam, dedim. Yeter.

Ertesi sabah horozlar bağırıyorlardı. Rafa *ponchera*'daki suyu otların arasına döktü, sonra teyzemin kurutmak için serdiği kakao çekirdeklerine basmamaya özen göstererek avludan ayakkabılarımızı aldı. Rafa tütsü kulübesine girdi, sonra elinde bıçağı ve iki portakalla dışarı çıktı. Portakalları soyduktan sonra birini bana verdi. Tia'mın evde öksürdüğünü duyunca yola koyulduk. Rafa'nın beni eve göndermesini bekliyordum, fakat o konuşmadan yürümeye devam ettikçe benim heyecanım arttı. İki kez gülmemek için elimle ağzımı örttüm. Yavaş yürüyor, dikenli bayırdan aşağı inerken düşmemek için dallara ve tel örgü direklerine tutunuyorduk. Bir gece önce yakılmış tarlalardan duman yükseliyordu. Patlamamış ya da çökmemiş ağaçlar siyah küllerin arasında mızrak gibi duruyorlardı. Yamacı indikten sonra bizi Ocoa'ya götürecek yolu yürümeye başladık. *Tio*'mun tavuk kümesine gizlediği iki boş Coca-Cola şişesini taşıyordum.

Colmado'nun yanında komşumuz olan iki kadın duruyordu, kiliseye gitmek için otobüs bekliyorlardı.

Boş şişeleri tezgâhın üstüne koydum. Chicho dünkü *El Nacional* gazetesini katladı. Boşların yanına iki dolu kola koyduğunda, Depoziti istiyoruz, dedim.

Chicho dirseklerini tezgâha dayayıp beni süzdü. Buna izin çıktı mı? diye sordu.

Evet, dedim.

Parayı tio'na götürsen iyi edersin, dedi. Sinek lekeli cam kavanozun içindeki *pastelito*'lara ve *chicharrón*'lara baktım. Bozuklukları tezgâhın üzerine çarptı. Ben bu işin dışında kalacağım, dedi. Bu parayla ne yaptığın senin bileceğin iş. Ben ticaret adamıyım.

Bunun ne kadarına ihtiyacımız var? diye sordum Rafa'ya.

Hepsine, dedi.

Yiyecek bir şey satın alamaz mıyız?

İçeceğe sakla. Daha sonra susayacaksın.

Belki bir şeyler yemeliyiz.

Aptal olma.

Sadece sakız satın almaya ne dersin?

Ver şu parayı bana, dedi.

Tamam, dedim, sordum sadece.

Sonra durduk. Rafa'nın dikkati dağılmıştı, yolun sonuna bakıyordu. O ifadeyi herkesten daha iyi tanıyordum. Plan yapıyordu. Arada sırada kollarını iri göğüslerinin üzerinde kavuşturmuş yüksek sesle konuşan iki kadına bakıyordu. *Cobrador* yolcu kapısından sarkıp, Evet? dedi. Rafa ona, Gazla, keltoş, diye karşılık verdi.

Ne bekliyoruz? dedim. O otobüsün kliması vardı.

Daha genç bir *cobrador* istiyorum, dedi Rafa, yolun ilerisine bakmaya devam ederek. Tezgâha gidip parmağımla cam kavanozu fiskeledim. Chicho bana bir *pastelito* verdi, böreği cebime koyduktan sonra ona parasını verdim. İş iştir, dedi Chicho, fakat abim dönüp bakmadı bile. Bir sonraki otobüse durmasını işaret ediyordu.

Arkaya otur, dedi Rafa bana. Kendisi ana kapının önünde durdu, ayak parmakları havada. Kapının üst kenarına tutundu. Ondan bir ya da iki yaş küçük *cobrador*'un yanında duruyordu. Çocuk Rafa'yı oturtmaya kalkıştı fakat Rafa yüzünde avucunuyalarsın sırıtışıyla başını salladı ve ikisi tartışmaya başlamadan şoför vitesi bire takıp radyoyu sonuna kadar açtı. "La chica de la novela" hâlâ liste başıydı. Buna inanabiliyor musun? dedi yanımdaki adam. Bu berbat şarkıyı günde yüz kere çalıyorlar.

Koltuğuma dik bir biçimde yerleştim fakat cebimdeki pastelito pantolonumu lekelemişti bile. Coño, dedim ve böreği cebimden çıkarıp dört ısırıkta bitirdim. Rafa bana bakmıyordu. Otobüs her durduğunda aşağı atlayıp yolcuların paketlerini yukarı taşıyor, bir sıra dolduğunda sürgülü kapının önündeki portatif koltuğu sıradaki yolcu için açıyordu. Cobrador, afro saçlı sıska bir oğlan, Rafa'yla baş etmeye çalışıyordu fakat şoför olup bitenleri fark edemeyecek kadar radyoyla ilgiliydi. İki kişi

Junot Díaz

Rafa'ya ödeme yaptı ve Rafa parayı olduğu gibi o sırada para üstü vermekle meşgul olan cobrador'a verdi.

Böyle lekelere dikkat etmek gerekir, dedi yanımdaki adam. Dişleri iriydi ve temiz bir fötr şapka takmıştı. Kolları boğum boğum kaslıydı.

Bu şeyler çok yağlıymış, dedim.

Dur yardım edeyim, dedi. Parmaklarına tükürdü ve lekenin üstüne sürtmeye, derken şortumun kumaşının üzerinden *pinga*'mı mıncıklamaya başladı. Gülümsüyordu. Onu koltuğunda arkaya ittim. Kimsenin fark edip etmediğini görmek için etrafına baktı.

Seni *pato*, dedim.

Adam gülümsemeye devam etti.

Seni-aşağılık pinka-emici-pato, dedim. Adam pazımı sıktı, sessizce, sert, arkadaşlarımın kilisede sinsice yaptıkları gibi. İnledim.

Ağzını toplasan iyi edersin, dedi.

Kalkıp kapıya yürüdüm. Rafa otobüsün tavanına vurdu. Şoför yavaşlarken, cobrador, Siz ikiniz para ödemediniz, dedi.

Tabii ki ödedik, dedi Rafa, beni tozlu sokağa iterek. Sana o iki kişinin parasını verdiğimde bizim paramız da içindeydi. Sesi bıkkın çıkıyordu, bu tartışmaları defalarca yaşamış gibi.

Hayır vermedin.

Verdim lan. Neden topladığın parayı sayıp kendin bakmıyorsun?

Denemeye kalkışma, dedi cobrador elini Rafa'nın üstüne koyarak, fakat Rafa geri adım atmadı. Şoföre, Şu adamına para saymayı öğret, diye bağırdı.

Yolun karşı tarafına geçip *guineo* tarlasına girdik; cobrador arkamızdan bağırıyordu. Şoförün, Unut gitsin, dediğini duyuncaya kadar da orada kaldık.

Rafa gömleğini çıkarıp yelpazelendi ve işte o zaman ben ağlamaya başladım.

Rafa bir süre beni seyretti. Sen, dedi, ödleğin tekisin.

Üzgünüm.

Neyin var senin? Yanlış bir şey yapmadık ki.

Birazdan toparlarım. Kolumla burnumu sildim.

Rafa etrafına bakınıp manzarayı gözden geçirdi. Ağlamayı kesmezsen seni burada bırakırım, dedi. Güneşin altında çürümekte olan bir kulübeye doğru yürüdü.

Gözden kayboluşunu izledim. Kulübeden krom kadar berrak sesler geldi. Bir karınca kolonisi ayağımın hemen yanındaki etsiz tavuk kemiği yığınını keşfetmişti, ufalanmış iliğini taşıyorlardı. Eve gidebilirdim, Rafa böyle davrandığında genellikle yaptığım gibi, fakat uzaktaydık – on iki on üç kilometre uzakta.

Kulübenin arkasında ona yetiştim. Bir mil kadar yürüdük. Başımı soğuk ve kof hissediyordum.

Ağlaman bitti mi?

Evet, dedim.

Sen hep böyle ödlek mi olacaksın?

Gökyüzünde Tanrı'nın kendisi belirip yukarıdan üzerimize işeseydi bile başımı kaldırmazdım.

Rafa tükürdü. Daha güçlü olmalısın. Sürekli ağlıyorsun. *Papi*'miz ağlıyor mu sence? Son altı yıldır ağladığını mı düşünüyorsun? Benden uzaklaştı. Ayakları yaprakların arasında çatırdıyor, dalları kırıyordu.

Rafa kahverengi-mavi üniformalı bir okul çocuğunu durdurdu ve çocuk bizi yolun ilerisine yönlendirdi. Sonra Rafa bebeği bir madenci gibi öksüren genç bir anneyle konuştu. Kadın, Biraz daha ileride, dedi ve Rafa ona gülümsediğinde başını öteki tarafa çevirdi. Fazla gittik ve palalı bir çiftçi en kolay nasıl geri döneceğimizi gösterdi. Rafa, Ysrael'i çayırın ortasında görünce durdu. Ysrael uçurtma uçuruyordu ve elinde tuttuğu ipe rağmen gökyüzünde ileri geri yüzen siyah uçurtmaya bağlı değildi sanki. Hadi bakalım, dedi Rafa. Ben utanıyordum. Ne yapmaya çalışıyorduk?

Bana yakın dur, dedi Rafa, ve koşmaya hazır ol. Bana bıçağını verdi, sonra çayıra doğru yürümeye başladı.

4.

Bir yaz önce Ysrael'in sırtına taş fırlatmıştım ve taşın sırtından sekme biçiminden kürek kemiğine isabet ettirdiğimi anlamıştım. Yaptın! Yaptın lan! diye bağırmıştı öteki çocuklar. Ysrael bizden kaçıyordu, ağrıyla öne doğru bükülmüştü. Öteki çocuklardan biri onu az kalsın yakalıyordu, fakat Ysrael elinden kurtulup kaçtı. Firavun faresi kadar hızlı, dedi biri, fakat doğrusunu söylemek gerekirse firavun faresinden bile hızlıydı. Güldük ve beyzbol oynamaya döndük ve unuttuk, ta ki tekrar köye gelinceye kadar, o zaman da oynadığımız oyunu bırakıp peşine düştük. Yüzünü göster bize, diye bağırdık. Bir kez olsun görelim.

5.

Ysrael bizden yirmi santim daha uzundu ve Ocoa civarındaki çiftçilerin sığırlarını besledikleri süper tahılla semermiş gibi duruyordu; tio'mu sabaha kadar uyanık tutup kıskançlıkla Proxyl Yem 9, Proxyl Yem 9 diye sayıklatan yeni bir ürün. Ysrael'in sandalları sert deridendi ve giysileri Kuzey Amerika giysileriydi. Rafa'ya baktım, fakat o soğukkanlılığını koruyordu.

Baksana, dedi Rafa. *Hermanito*'m kendini iyi hissetmiyor. Bize colmado'nun yerini tarif edebilir misin? Ona içecek bir şey satın almak istiyorum.

Yolun ilerisinde bir çeşme var, dedi Ysrael. Sesi tuhaf ve tükürüklüydü. Maskesi ince mavi pamuklu kumaştan elde dikilmişti, sol gözünün etrafını çevreleyen sinirli, kırmızı, hilal biçimindeki yarayı fark etmemek mümkün değildi, bir de boynuna damlayan salyayı.

Biz buralı değiliz. Suyu içemeyiz.

Ysrael ipini makaraya sardı. Uçurtma yan yattı, fakat Ysrael ipi çekerek uçurtmayı doğrulttu.

Fena değildi, dedim.

Biz buranın suyunu içemeyiz. Bizi öldürür. Çocuk zaten hasta. Gülümseyip hasta numarası yapmaya çalıştım, ki pek zor değildi; üstüm başım toz içindeydi. Ysrael'in bizi süzdüğünü fark ettim.

Buranın suyu muhtemelen dağlardaki sudan bile iyidir, dedi.

Bize yardım et, dedi Rafa, alçak sesle.

Ysrael bir patikayı işaret etti. Bu taraftan gidin, bulursunuz.

Emin misin?

Bütün hayatımı burada yaşadım.

Plastik uçurtmanın rüzgârda dalgalandığını duydum; Ysrael uçurtmanın ipini süratle sarmaya başlamıştı. Rafa burnundan soluyarak yürümeye başladı. Geniş bir daire çizdik, o esnada Ysrael uçurtmayı eline almıştı – köyün el yapımı uçurtmalarından değildi. Yurtdışında imal edilmişti.

Bulamadık, dedi Rafa.

Ne kadar aptalsınız?

O uçurtmayı nereden buldun? diye sordum.

Nueva York'tan geldi, dedi. Babam gönderdi.

Yok ya! Bizim babamız da orada! diye haykırdım.

Rafa'ya baktığımda kaşlarını çattığını gördüm. Babamız bize sadece mektup ve bazen Noel'de bir gömlek ya da pantolon gönderirdi.

O maskeyi neden takıyorsun? diye sordu Rafa.

Hastayım, dedi Ysrael.

Çok sıcaklıyorsundur.

Bana sıcak gelmiyor.

Maskeyi hiç çıkarmaz mısın?

İyileşinceye kadar hayır. Yakında ameliyat olacağım.

Bunu iyice düşün, dedi Rafa. Bu doktorlar insanı *Guardia*'dan bile hızlı öldürür.

Bu doktorlar Amerikalı.

Rafa kıs kıs güldü. Yalan söylüyorsun.

Onları geçen bahar gördüm. Önümüzdeki yıl gitmemi istiyorlar.

21

Sana yalan söylüyorlar. Sana acımışlardır muhtemelen.

Sana colmado'nun nerede olduğunu göstermemi istiyor musun istemiyor musun?

İstiyorum tabi ki.

Beni izleyin, dedi Ysrael, boynundaki salyayı silerek. Bakkala geldiğimizde Rafa bana bir kola satın alırken o kenarda durdu. Colmado'nun sahibi bira dağıtıcısıyla domino oynuyordu, başını kaldırmaya zahmet etmedi, fakat Ysrael için elini havaya kaldırdı. Ömrümde gördüğüm bütün calmodo'lar gibi sıskaydı. Yola dönerken şişeyi bitirmesi için Rafa'ya geçirdim ve önden gitmekte olan Ysrael'e yetiştim. Hâlâ güreşiyor musun? diye sordum.

Bana doğru döndü ve maskenin altında bir şey dalgalandı. Sen bunu nereden biliyorsun?

Duydum, dedim. Amerika'da da güreş var mı?

Vardır umarım.

Sen güreşçi misin?

Ben çok iyi bir güreşçiyim. Az kalsın güreşmek için Başkent'e gidecektim.

Abim şişeyi sallayarak güldü.

Denemek ister misin, pendejo?

Şimdi değil.

Ben de öyle sanmıştım.

Koluna dokundum. Uçaklar bu yıl hiçbir şey atmadılar.

Henüz erken. Ağustosun ilk pazar günü başlar.

Nereden biliyorsun?

Ben buralıyım, dedi. Maskesi kıpırdadı. O zaman gülümsemekte olduğunu anladım ve o anda abim kolunu havaya kaldırıp şişeyi tepesine indirdi. Şişe patladı, kalın dibi çılgın bir göz gibi yuvarlandı. Hasiktir, diye mırıldandım. Ysrael sendeledi ve yolun kenarına dikilmiş çit kazığına çarptı. Maskesinden yere cam parçaları döküldü. Bana doğru döndü, sonra karın üstü yere yığıldı. Elleri açık vaziyette toprağın üzerindeydi, kendini itip yerden kalkmaya çabalıyordu. Abim, Onu sırt üstü çevirelim, dedi ve var gücümüzü kullanarak onu çevirdik. Rafa maskesini çektiği gibi çimlerin arasına fırlattı.

Sol kulağı küçük bir düğmeydi ve yanağındaki delikten dilinin yoğun damarlı kökü görünüyordu. Dudakları yoktu. Başı geriye kaykılmıştı, gözlerinin sadece akı görünüyordu ve boyun damarları şişmişti. Domuz eve girdiğinde bebekti. Hasar eski görünüyordu fakat yine de geriye sıçrayıp, Lütfen, Rafa, gidelim! dedim. Rafa çömeldi ve sadece iki parmağını kullanarak Ysrael'in başını bir yandan ötekine çevirdi.

6.

Colmado'ya döndük. Dükkân sahibi ile dağıtımcı şimdi dominolar ellerinin altında takırdarken tartışıyorlardı. Yürümeye devam ettik. Bir saat, belki de iki saat sonra, bir minibüs gördük. Bindik ve arkaya oturduk. Rafa kollarını kavuşturup tarlaları, yol kenarındaki kulübeleri, tozu, dumanı ve hızımızın yanında neredeyse donmuş gibi görünen insanları seyretti.

Ysrael iyi olacak, dedim.

O kadar emin olma, dedi.

Onu düzeltecekler.

Rafa'nın çenesiyle kulağının arasında bir kas titredi. Yunior, dedi yılgınlıkla. Ona hiçbir bok yapmayacaklar.

Nereden biliyorsun?

Biliyorum, dedi.

Ayaklarımı ön koltuğun arkalığına dayadım, önümde oturan yaşlı kadın dönüp bana baktı. Başında beyzbol kepi vardı ve gözlerinden biri saydamdı. Minibüs eve değil, Ocoa'ya gidiyordu.

Rafa şoföre durmasını işaret etti. Koşmaya hazır ol, diye fısıldadı.

Tamam, dedim.

PARTİ, 1980

Mami'nin en küçük kız kardeşi –Yrma Tia'm– sonunda o yıl Amerika Birleşik Devletleri'ne gelebildi. O ve tio Miguel kendilerine Bronx'ta bir daire tuttular, Grand Concourse yakınlarında; ve herkes bir parti vermemiz gerektiğine karar verdi. Aslında buna karar veren benim peder beydi fakat herkes –yani mami, Yrma Tia, Miguel Tio ve ve komşuları– bunun iyi bir fikir olduğunu düşünüyordu. *Papi* partinin verileceği gün öğleden sonra altı sularında işten geldi. Tam zamanında. Hepimiz çoktan giyinmiştik ki bu akıllıca bir hareketti. Babam eve girdiğinde bizi iç çamaşırlarımızla aylaklık ederken bulsaydı sopayı yerdik.

Hiç kimseye hiçbir şey demedi, mami'me bile. Annemin yanından geçti ve annem ona bir şey söylemeye kalkıştığında elini kaldırıp doğru duşa girdi. Rafa bana baktı, ben de ona baktım; ikimiz de papi'nin, görüştüğü o Porto Rikolu kadının yanından geldiğini ve üzerindeki kanıtı bir an önce yıkamak istediğini biliyorduk.

Annem gerçekten hoş görünüyordu o gün. Amerika'da kemikleri nihayet biraz et tutmuştu; üç yıl önce gelen *flaca* değildi artık. Saçını kısa kestirmiş, üzerinde o kadar kötü durmayan ucuz takılar takmıştı. Kendi gibi kokuyordu, ağaçların arasından esen rüzgâr gibi. Parfümünü sıkmak için her zaman son ânı beklerdi, çünkü erken sıkıp partiye gittiğimizde tekrar sıkarak harcamak istemezdi.

Biz –yani ben, abim, kız kardeşim ve mami– babamın duşunu bitirmesini bekliyorduk. Mami her zamanki duygusuz haliyle biraz gergin görünüyordu. Elleriyle kemerinin tokasını tekrar tekrar düzeltti. O sabah, bizi okula gitmemiz için uyandırdığında, partide iyi vakit geçirmek istediğini söylemişti. Dans etmek istiyorum, demişti ama şimdi, güneş gökyüzünden duvardaki tükürük gibi kayıp giderken, o kadar istekli görünmüyordu.

Rafa'nın da partiye martiye gidesi yoktu, bana gelince, ben zaten ailemle hiçbir yere gitmek istemezdim. Dışarıdaki otoparkta bir beyzbol maçı sürüyordu, arkadaşlarımın birbirlerine bağırdıklarını duyabiliyordum. Hey, seni, *Cabrón*. Arabalarımızın üzerinden uçup giden topun sesini duyduk, ardından alüminyum sopanın yere bırakıldığında çıkardığı metalik takırtıyı. Gerçi Rafa da ben de beyzbolu pek sevmezdik; sadece mahallenin çocuklarıyla takılmayı, onları yaptıkları her şeyde yere çalmayı severdik. Bağrışmalardan ikimiz de maçın çekişmeli geçtiğini anladık, ikimizden biri dengeyi bozabilirdi. Rafa kaşlarını çattı, ben de kaşlarımı çatınca yumruğunu havaya kaldırdı. Beni taklit etme, dedi.

Sen beni taklit etme, dedim.

Beni yumrukladı – ben de ona vururdum ama o anda papi belinde havluyla içeri girdi, giyinikken olduğundan çok daha küçük görünüyordu. Meme uçlarının etrafında birkaç kıl, yüzünde ağzı kapalı somurtkan bir ifade vardı, dilini yakmış gibi.

Bunlar yemek yediler mi? diye sordu mami'me.

Annem başını aşağı yukarı salladı. Sana da bir şeyler hazırladım.

Yemek yemesine izin vermedin, değil mi?

Ay, Dios Mío! dedi annem, kollarını iki yanına sarkıtarak.

25

Ay, Dios Mío dersin tabii, dedi babam.

Benim araba yolculuğuna çıkmadan önce yemek yememem gerekiyordu, fakat annem masaya pirinç, fasulye ve olgun *platano*'lardan oluşan yemeğimizi getirdiğinde tabağını herkesten önce kimin silip süpürdüğünü tahmin edin. Mami'nin suçu değildi, kadının işleri başından aşkındı – yemek pişirmek, hazırlanmak, kız kardeşim Madai'yi giydirmek. Beni doyurmamasını ona hatırlatmam gerekirdi ama öyle bir oğul değildim.

Papi bana döndü. *Muchacho*, neden yedin, ha aptal?

Rafa ufak ufak benden uzaklaşmaya başlamıştı bile. Bir keresinde ona babam ne zaman bana vurmaya hazırlansa yanımdan kaçtığı için ödleğin teki olduğunu düşündüğümü söyledim.

İkincil zarar, dedi Rafa. Hiç duydun mu?

Hayır.

Sözlüğe bak.

Ödlek ya da değil, şimdi ona bakışlarımla diklenmeye cesaret edemezdim. Papi eski tarz bir adamdı; seni marizlerken bütün dikkatini ona vermeni isterdi. Ona da dik dik bakamazdın – buna izin vermezdi. En iyisi göbek deliğine bakmaktı ki yusyuvarlak ve tertemizdi. Beni kulağımdan tutup ayağa kaldırdı.

Kusarsan–

Kusmayacağım, dedim, gözlerim yaşlı, acıdan çok refleksle.

Of Ramón, of. Onun bir suçu yok, dedi mami.

Bu partiden uzun zamandır haberleri var. Oraya nasıl varacaklarını sanıyorlardı. Uçarak mı?

Sonunda kulağımı bıraktı ve yerime oturdum. Madai gözlerini açmaya korkuyordu. Hayatı boyunca papi'nin etrafında olmak onu birinci sınıf bir ödleğe çevirmişti. Babam ne zaman sesini yükseltse Madai'nin dudağı diyapazon gibi titremeye başlardı. Rafa parmaklarını kütürdetmeye ihtiyaç duyuyormuş gibi yaptı ve onu ittiğimde bana, *Başlama,* anlamına gelen bir bakış attı. Fakat o kadarcık bir kabul görme bile kendimi daha iyi hissetmeme yetti.

Babamla başı belaya giren hep bendim. Onun tepesini attırmak, her şeyi onun nefret ettiği şekilde yapmak, bana Tanrı tarafından verilmiş kutsal bir görevdi sanki. Tartışmalarımızı fazla kafama takmıyordum. Hâlâ beni sevmesini arzuluyordum, bu bana yıllar sonra, babam hayatlarımızdan tamamen çıkıncaya kadar hiç tuhaf ya da çelişkili gelmemişti.

Kulağımdaki yanma geçtiğinde papi giyinmişti. Mami istavroz çıkararak bizi tek tek kutsadı, ciddiyetle, savaşa gidecekmişiz gibi. Biz de, *Bendición*, Mami diye karşılık verdik, o da bizi beş önemli noktamızdan dürtüp, *Que Dios te bendiga*, dedi.

Bütün yoluculuklarımız böyle başlardı, evden her ayrıldığımda bu sözleri duyardım.

Papi'nin Volkswagen minibüsüne bininceye kadar kimse tek kelime etmedi. Sıfır model, limon sarısıydı ve bizi etkilemek için satın alınmıştı. Etkilenmesine etkilenmiştik, fakat ben o minibüse ne zaman binsem ve papi saatte otuz kilometrenin üzerine çıksa kusuyordum. Daha önce arabalarla sorun yaşamamıştım – o minibüs lanetimdi sanki. Annem döşemeden kaynaklandığından kuşkulanıyordu. Onun zihninde Amerikan mallarının –aletler, ağız gargarası, tuhaf görünümlü döşeme– özünde bir kötülük vardı. Papi beni minibüsle bir yere götürme konusunda dikkatliydi, fakat mecbur kaldığında, pencereden kusabileyim diye, aslında mami'ye ait olan ön koltuğa oturuyordum.

Papi ücretli yola girdiğinde mami, *Cómo te sientes?* diye sordu. Elini enseme koydu. Annemin şöyle bir özelliği vardı, elleri asla terlemezdi.

İyiyim, dedim, gözlerimi yoldan ayırmadan. Babamla göz göze gelmeyi kesinlikle istemiyordum. Beni her seferinde yaralayan öfkeli ve keskin bir bakışı vardı.

Toma. Annem bana dört nane şekeri uzattı. Yolculuğun başında üç tanesini pencereden dışarı fırlatmıştı, Eshu'ya* bir sunum; gerisi benim içindi.

27

---

* Yoruba kültür ve dinine ait düzenbaz bir tanrı. *–yhn*

Ağzıma bir tane atıp yavaşça emdim, dilimle dişlerimin arkasına ittim. Newark Havalimanı'nı sorunsuz geçtik. Madai uyanık olsaydı uçaklar arabalara bu kadar yakın uçtuğu için ağlardı.

Kendini nasıl hissediyor? diye sordu papi.

İyiyim, dedim. Dönüp Rafa'ya baktığımda beni görmezden geldi. Rafa böyleydi, okulda ve evde. Başım sıkıştığında beni tanımazdı. Madai derin uykudaydı, fakat yüzü buruşuk ve salyaları akarken bile örülmüş saçlarıyla çok sevimli görünüyordu.

Önüme dönüp nane şekerine odaklandım. Papi bu gece minibüsü fırçalamak zorunda kalmayacağımızı söyleyerek espri bile yaptı. Gevşemeye başlamıştı, saatine o kadar sık bakmıyordu. Belki o Porto Rikolu kadını düşünüyordu, belki de hep birlikte olduğumuz için mutluydu. Hiçbir zaman anlayamazdım. Gişeye vardığımızda minibüsten inip sepetin altında bozukluk olup olmadığına bakacak kadar da iyimser bir havadaydı. Bir keresinde Madai'yi eğlendirmek için yaptığı bir şeydi bu, fakat sonra alışkanlığa dönüştü. Arkamızdaki arabalar klakson çaldılar ve ben koltuğumda yavaşça öne doğru kaykıldım. Rafa umursamadı; öteki arabalara pis pis sırıtıp el salladı. Onun asıl işi polisin gelmediğinden emin olmaktı. Mami Madai'yi sarsıp uyandırdı ve Madai papi'nin iki çeyrekliği yerden almak için eğildiğini görür görmez öyle bir çığlık attı ki az kalsın beynimi uçuracaktı.

Bu iyi anların sonuydu. Washington Köprüsü'ne yaklaştığımızda midem bulanmaya başladı. Döşemenin kokusu beynimin içine işledi ve kendimi ağzımda bir avuç tükürükle buldum. Mami'nin omzumun üstündeki eli kasıldı ve papi'yle göz göze geldiğimde gözleri, Hayır, sakın yapma, diyordu.

Minibüs beni ilk tuttuğunda babam beni kütüphaneye götürüyordu. Rafa da bizimleydi ve kustuğuma inanamadı. Ben demir kaplama midemle ünlüydüm. Çocukluğunuzu bir üçüncü dünya ülkesinde geçirirseniz demirden bir mideye sahip olursunuz. Papi o kadar endişelendi ki Rafa kitapları iade eder etmez evin yolunu tuttu. Mami benim için bal-soğan karışımı hazırladı ve bu mideme iyi geldi. Bir hafta sonra kütüphaneyi tekrar denedik ve bu kez pencereyi zamanında açamadım. Papi beni eve getirdikten sonra gidip minibüsü kendi temizledi, yüzü *askho* içindeydi. Bu büyük bir şeydi, çünkü neredeyse hiçbir şeyi kendi temizlemezdi. Eve girdiğinde beni kanepede allak bullak buldu.

Minibüs, dedi mami'ye. Midesini bulandırıyor.

Bu kez zarar azdı, papi'nin hortumu kapıya tutup kolaylıkla temizleyebileceği kadar. Tepesi atmıştı ama; parmağını yanağıma bastırıp sağlam ve sert bir biçimde itti. Cezalandırmaları böyleydi; yaratıcı. O yılın başında okulda, "İşkenceci Babam" adında bir kompozisyon yazmıştım, fakat öğretmen bana yeni bir tane yazdırmıştı. Şaka ettiğimi sanmıştı.

Bronx'a varıncaya kadar kimse konuşmadı. Sadece bir kez dişlerimi fırçalamam için durduk. Mami yanına diş fırçamı ve diş macunu almıştı. Arabalar yanımızdan hızla geçerken kendimi yalnız hissetmeyeyim diye benimle dışarıda durdu.

Miguel Tio, bir doksan boyundaydı. Saçını kabartıp yukarı doğru taramıştı, kısmi bir afro. Bana ve Rafa'ya kaburgalarımızı kırmak istermiş gibi sarıldıktan ve mami'yi öptükten sonra Madai'yi omzuna aldı. Tio'mu en son havalimanında görmüştüm, Amerika Birleşik Devletleri'ndeki ilk gününde. Başka bir ülkede olmaktan hiç rahatsızlık duymadığını fark etmiştim.

Yukarıdan bana baktı. *Carajo*, Yunior, berbat görünüyorsun!

Kustu, dedi abim.

Rafa'yı ittim. Teşekkür ederim, göt suratlı.

Hey, dedi, Miguel Tio sordu, ben de söyledim.

Tio duvarcı ustası elini omzuma koydu. Herkes bazen kusar,

dedi. Buraya gelirken beni uçakta görmeliydin. Dios mio! Bir Asyalıyı andıran gözlerini abartarak yuvarladı. Hepimiz öleceğiz sandım.

Herkes yalan söylediğini biliyordu. Bana kendimi daha iyi hissettirmiş gibi gülümsedim.

Sana içecek bir şey getirmemi ister misin? diye sordu tio'm. Bira ve rom var.

Miguel, dedi mami. Daha çok küçük.

Küçük mü? Santo Domingo'da olsaydı çoktan geneleve gitmişti. Mami dudaklarını birbirine bastırıp inceltti ki kolay iş değildi.

Evet, Mami, dedim. Ben geneleve ne zaman gideceğim?

Bu kadarı kâfi, Yunior.

Görüp göreceğin bütün yarık ondan ibaret olacak, dedi Rafa bana İngilizce.

Senin kız arkadaşını saymazsak tabii ki, dedim.

Rafa gülümsedi. Hoşuna gitti.

Papi minibüsü park ettikten sonra geldi. Miguel ve o benim parmaklarımı hamura çevirmeye yetecek türden el sıkıştılar.

Coño, compa'i, ¿cómo va todo? dediler birbirlerine.

O anda tia'm girdi içeri, üzerinde önlük ve ömrümde gördüğüm en uzun takma tırnaklarla. *Guinness Rekorlar Kitabı*'nda daha uzun tırnaklara sahip guru bir lavuk vardı, fakat karşımdaki tırnaklar da ona yakındı. Tia herkesi öptü, bana ve Rafa'ya ne kadar *guapo* olduğumuzu söyledi –Rafa, tabii ki ona inandı– Madai'ye de ne kadar *bella* göründüğünü söyledi, fakat papi'ye gelince biraz dondu, burnunun ucunda bir eşek arısı görmüş gibi, ama yine de onu öptü.

Mami bize salondaki diğer çocuklara katılmamızı söyledi. Tio'm, Durun, dedi, size daireyi gezdirmek istiyorum. Tia, Bir dakika bekleyin, dediğinde sevindim, çünkü gördüğüm kadarıyla ev Modern Dominik Rüküşlüğü ile döşenmişti. Ne kadar az görürsem o kadar iyiydi. Yani plastik kanepe kılıflarına itirazım yok, ama of be, tio ve tia'm rüküşlüğü bir başka düzeye çıkarmışlardı. Damla taş tarzında badanalanmış tavandan salonun ortasına bir disko topu sallanıyordu. Bütün kanepelerin kenarından altın sarısı püsküller sarkıyordu. Teyzem mutfaktan tanımadığım birkaç kişiyle birlikte çıktı ve herkesi tanıştırmayı bitirdiğinde üçüncü kattaki dört odalı daireyi sadece mami ile papi gezmiş oldu. Rafa ve ben salondaki çocuklara katıldık. Yemeğe çoktan başlamışlardı. Karnımız açtı, dedi kızlardan biri, elinde bir pastelito. Oğlan benden üç yaş kadar küçüktü fakat konuşan kız, Leti, benimle akrandı. O ve bir kız daha kanepeye oturmuşlardı ve çok güzel görünüyorlardı.

Leti onları tanıştırdı; oğlan, kardeşi Wilquins; öteki kız ise komşusu Mari. Leti'nin teta'ları hayli dolgundu ve abimin ona yazılacağından emindim. Kızlar söz konusu olduğunda zevki malumdu. Leti ile Mari'nin arasına oturdu ve kızların gülümsemelerini gördüğümde abimin şansının yaver gideceğini anladım. Kızların ikisi de bana üstünkörü bir bakış atmışlardı, fakat umursamadım. Kızlardan hoşlanıyordum tabii ki, fakat tartışmıyorsak ya da onlara ne kadar *stupido* olduklarını filan söylemiyorsam kızlarla konuşmaya korkuyordum. Stupido o yılki favori sözcüklerimden biriydi. Wilquins'e dönüp yapacak eğlenceli bir şey var mı diye sordum. Ömrümde duyduğum en alçak sese sahip olan Mari, O konuşamaz, dedi.

Nasıl yani?

Dilsiz.

Şaşkınlıkla Wilquins'e baktım. Gülümseyip başını salladı, bir ödül filan kazanmış gibi.

Anlıyor mu? diye sordum.

Tabii ki anlıyor, dedi Rafa. Aptal değil.

Rafa'nın bunu kızlara yaranmak için söylediğini biliyordum. İkisi de başlarını salladılar. Alçak sesli Mari, Wilquins'in sınıfının en başarılı öğrencisi olduğunu söyledi.

Dilsiz biri için fena sayılmaz, diye geçirdim içimden. Wilquins'in yanına oturdum. Televizyona iki saniye kadar baktıktan sonra Wilquins bir torba domino çıkarıp bana işaret etti. Oynamak ister miydim? Elbette. İkimiz, Rafa ile Leti'ye kaşı oynadık ve tam iki kez pestillerini çıkardık, bu da Rafa'nın canını sıktı. Bana bir tane patlatmak istiyormuş gibi bakıyordu, sırf kendini daha iyi hissetmek için. Leti, Rafa'nın kulağına fısıldayıp duruyor, ona kafasına takmamasını söylüyordu.

Mutfakta annemle babamın her zamanki havalarına girmiş olduklarını duyabiliyordum. Papi'nin sesi her zamanki kadar yüksek ve saldırgan geliyordu; rüzgârını hissetmek için yakınında olman gerekmiyordu. Mami'ye gelince, onu duymak için ise kulaklarına fincan koyman gerekirdi. Birkaç kez mutfağa gittim. Bir kez, tio'larım son birkaç yılda kafama doldurduğum saçmalıkla hava atsın diye; bir kez de kova büyüklüğünde bir bardağa soda koymak için. Mami ile tia *tostone* ve kalan pastelito'ları kızartıyordu. Annem şimdi daha mutlu görünüyordu, yemek hazırlarken ellerinin nasıl çalıştığını görseniz başka bir yerde nadide ve değerli şeyler yaptığı ikinci bir hayatı olduğunu sanırdınız. Arada sırada tia'mı dürtüyordu, hayatları boyunca yaptıkları şeylerden biriydi. Mami beni görür görmez gözüyle işareti çaktı. Uzun kalma, diyordu o göz. Patronu kızdırma.

Papi, Elvis'i tartışıyordu ve beni fark edemeyecek kadar kaptırmıştı. Sonra biri María Montez'den* bahsedecek oldu ve papi kükredi. María Montez mi? İzin ver de sana María Montez'i *ben* anlatayım *compa'i*.

Belki ben babama alışıktım. Sesi –çoğu yetişkinden daha yüksekti– beni hiç rahatsız etmedi, fakat diğer çocuklar yerlerinde huzursuz bir biçimde kıpırdandılar. Wilquins televiz-

---

* Asıl adı René Rivera. Profesyonel sinema hayatında Hollywood'lu aktrise ithafen Mario Montez ismini kullanmıştır. Rivera, filmlerinde kadın kılığında rollerde görünmüştür. –yhn

yonun sesini açmaya yeltendi, fakat Rafa, Senin yerinde olsam bunu yapmazdım, dedi. Dilsiz oğlan taşaklı çıktı ama. Televizyonun sesini yine de açtı ve yerine oturdu. Bir saniye sonra içeri elinde bir şişe *Presidente*'yle Wilquins'in babası girdi. Adam bir örümceğin duyularına sahip olmalıydı. Wilquins'e, Televizyonun sesini sen mi açtın? diye sordu. Wilquins başını yukarı aşağı salladı.

Burası senin evin mi? diye sordu. Wilquins'e girişmeye hazır görünüyordu ama onun yerine televizyonun sesini kıstı.

Gördün mü? dedi Rafa. Az kalsın kıçından *tekmeyi* yiyecektin.

Porto Rikolu kadını papi minibüsü satın aldıktan hemen sonra tanıdım. Papi beni kısa yolculuklarında yanına alarak kusma işini sonlandırmak için alıştırmaya çalışıyordu. Pek işe yaramıyordu, fakat yolculuklarımızı heyecanla bekliyordum, her seferinde midemin bulanmasına rağmen. Papi'yle ikimizin yaptığı tek şeydi. Yalnız olduğumuzda bana çok daha iyi davranırdı, oğluymuşum gibi.

Evden ayrılmadan önce her seferinde mami istavroz çıkarıp beni kutsardı.

Bendición, Mami, derdim.

Beni alnımdan öperdi. Que Dios te bendiga. Sonra bana bir avuç nane şekeri verirdi çünkü iyi olmamı istiyordu. Mami bu kısa yolculukların bir işe yarayacağını düşünmüyordu, fakat bir keresinde bundan bahsedecek olduğunda papi ona çenesini kapatmasını söyledi, o neyi bilirdi ki?

Papi ve ben pek konuşmazdık. Mahallede dolanırdık. Arada sırada, Kendini nasıl hissediyorsun? diye sorardı.

Kendimi nasıl hissedersem hissedeyim başımı yukarı aşağı sallardım.

Bir gün Perth Amboy'un dışında kustum. Babam beni eve götürmek yerine öteki yola saptı ve birkaç dakika sonra tanıma-

33

dığım açık mavi bir evin önünde durdu. Ev bana okulda boyadığımız ve otobüsün pencerelerinden öteki arabalara fırlattığımız paskalya yumurtalarını anımsattı.

Porto Rikolu kadın oradaydı ve temizlenmeme yardım etti. Elinde kuru havlu kâğıtlar vardı, havlu kâğıtla göğsümü silerken bunu sertçe yapıyordu, araba tamponu cilalarmış gibi. Çok zayıf bir kadındı, kahverengi saçları dar yüzünün üzerinde havaya doğru yükseliyordu ve görüp görebileceğin en keskin siyah gözlere sahipti.

Çok tatlı, dedi papi'me.

Kustuğu zaman değil.

Adın ne? diye sordu bana. Rafa sen misin?

Başımı yukarı aşağı salladım.

Öyleyse Yunior'sun, değil mi?

Başımı bu sefer evet anlamında salladım.

Sen zeki olansın, dedi, birden kendinden hoşnut. Belki kitaplarıma bakmak istersin?

Onun kitapları değillerdi. Babamın onun evinde bıraktığı kitaplardı, onları tanıyordum. Papi doymak bilmez bir okurdu, cebinde bir kitap olmadan karısını aldatmaya bile gidemezdi.

Neden gidip biraz televizyon seyretmiyorsun? dedi papi. Kadına dünyada kalmış son piliçmiş gibi bakıyordu.

Bir sürü kanalımız var, dedi kadın. Uzaktan kumandayı kullan istersen.

İkisi yukarı çıktılar. Yukarıda olanlar beni o kadar korkutuyordu ki etrafa göz atıp ortalığı karıştıramadım bile. Orada öylece oturdum, utanç içinde, yukarıdan başlarımızın üzerine büyük ve hiddetli bir şeyin düşmesini bekler gibi. Tam bir saattir haberleri izliyordum ki papi aşağı indi. Hadi, gidiyoruz, dedi.

İki saat sonra kadınlar yemekleri masaya getirdiler ve onlara teşekkür eden sadece çocuklar oldu, her zamanki gibi. Bu bir

Dominik geleneği filan olmalı. Masada sevdiğim her şey vardı –chicharron'lar, kızarmış tavuk, tostone'lar, *sancocho*, pilav, kızarmış peynir, *yuca*, avokado, patates salatası, meteor büyüklüğünde bir domuz budu, çok bayılmadığım bir soslu salata– fakat diğer çocuklarla birlikte servis masasına gittiğimde papi, Yo, hayır, olmaz, dedi ve kâğıt tabağı elimden aldı. Parmakları çok nazikti.

Sorun nedir? diye sordu tia, bana yeni bir tabak uzatarak.

O yemeyecek, dedi papi. Annem tabağına domuz budu koyması için Rafa'ya yardım ediyormuş gibi yaptı.

Neden?

Çünkü ben öyle diyorum.

Bizi tanımayan yetişkinler hiçbir şey duymamış gibi yaptılar ve tio koyun gibi gülümseyip herkese yemeğe başlamalarını söyledi. Bütün çocuklar –on kadar çocuk vardı– tepeleme doldurdukları tabaklarıyla salona geçtiler. Yetişkinler mutfağa ve radyoda yüksek sesle bachata* müziğin çaldığı yemek odasına dağıldılar. Benden başka herkesin tabağı vardı. Papi ondan uzaklaşmama fırsat tanımadan beni durdurdu. Kimse duymasın diye alçak ve yumuşak bir tonla konuştu.

Bir şey yersen seni eşek sudan gelinceye kadar döveceğim. *¿entiendes?*

Başımı yukarı aşağı salladım.

Abin sana yemek verirse onu da döveceğim. Burada, herkesin önünde. *¿entiendes?*

Başımı salladım yine. Onu öldürmek istiyordum. Bunu hissetmiş olmalıydı çünkü başımı hafifçe itti.

Bütün çocuklar benim gelip televizyonun önüne oturmamı izlediler.

Babanın nesi var? diye sordu Leti.

Götün teki, dedim.

---

*   Dominik Cumhuriyeti'ne özgü romantik bir müzik ve dans türü. *–yhn*

Rafa başını iki yana salladı. Başkalarının önünde böyle konuşma.

Yemek yerken senin için hava hoş, dedim.

Hey, bebek gibi kusan ben olsaydım benim de yememe izin vermezdi.

Az kalsın karşılık verecektim, onun yerine tüm dikkatimi televizyona yönelttim. Bulaşmayacaktım. Koy ver gitsindi. Ben de Bruce Lee'nin, Chuck Norris'i Kolezyum'un ortasında yere serişini seyrettim ve evde yemek yokmuş gibi yaptım. Sonunda beni kurtaran tia oldu. Salona girip, Yunior, madem yemek yemiyorsun buz çıkarmama yardım et, dedi.

Bunu yapmak istemiyordum, fakat kararsızlığımı başka bir şeye yordu.

Babana sordum, merak etme.

Konuşurken elimi tuttu; teyzemin çocuğu yoktu fakat bir çocuğu olmasını çok istediğini görebiliyordum. O, senin doğum gününü her zaman hatırlayan fakat senin onu sadece mecbur olduğun için ziyaret ettiğin akrabalarından biriydi. İlk katın sahanlığını henüz geçmemiştik ki çantasını açıp bana mutfaktan aşırdığı üç pastelito verdi.

Ye, dedi. Ve içeri girer girmez hemen dişlerini fırçala.

Teşekkür ederim, tia, dedim.

O pastelito'ların hiç şansı yoktu.

Merdivende yanıma oturup sigarasını içti. İlk kattan müziğin, yetişkinlerin ve televizyonun sesini duyabiliyorduk. Tia, mami'nin kopyasıydı; ikisi de kısa boylu ve açık tenliydiler. Tia bol bol gülümseyen bir kadındı, ikisinin arasındaki en büyük fark buydu.

Evde durumlar nasıl, Yunior? diye sordu.

Ne demek istiyorsun?

Her şey yolunda mı? Siz çocuklar iyi misiniz?

Sorguya çekildiğimde bunu hemen anlarım, ne kadar şekerle

kaplanmış olursa olsun. Bir şey demedim. Beni yanlış anlamayın, tia'mı çok severdim, fakat içimde bir ses bana çenemi kapatmamı söylüyordu. Belki aile sadakatiydi, belki mami'yi korumak istiyor ya da papi'nin kulağına gideceğinden korkuyordum – bunlardan herhangi biri olabilirdi.

Annen iyi mi?

Omuz silktim.

Çok kavga ediyorlar mı?

Hayır, dedim. Fazla omuz silkmek yanıt vermek kadar kötüydü. Papi çoğunlukla işte zaten.

İş, dedi tia, sevmediği birinin adıymış gibi.

Rafa'yla Porto Rikolu kadın hakkında pek konuşmazdık. Babamın bizi kadının evine götürdüğü birkaç sefer yemek yerken bunda garip bir şey yokmuş gibi davranmıştık. Ketçabı geçir, koçum. Al, kardeşim. Babamın kadınla ilişkisi oturma odamızın döşemesindeki delik gibiydi, etrafından dolaşmaya o kadar alışıktık ki bazen orada olduğunu unuturduk.

Gece yarısına doğru yetişkinler deli gibi dans etmeye başladılar. Ben, tia'nın Madai'nin uyumakta olduğu odasının önünde oturmuş dikkat çekmemeye çalışıyordum. Rafa bana kapıda bekçilik yaptırıyordu; o ve Leti de odadaydılar, başka bazı çocuklarla birlikte iş tutuyorlardı kuşkusuz... Wilquins holün karşı tarafındaki odaya yatmaya gitmişti, ben de karafatmalarla baş başa kalmıştım.

Ne zaman salona baksam yirmiye yakın anneyle babanın dans ettiklerini ve bira içtiklerini görüyordum. Arada sırada biri, *Quisqueya!* diye nara atıyor ve herkes bağırıp tepiniyordu. Annemle babam hallerinden memnundular gördüğüm kadarıyla.

Mami ile tia yan yana çok vakit geçiriyor ve fısıldaşıyorlardı. Bundan bir şey çıkmasını bekliyordum, bir ağız dalaşı belki.

37

Ailemle dışarı çıkıp işlerin boka sarmadığı bir zaman hatırla-
mıyorum. Diğer aileler gibi dramatik ya da düpedüz çatlak bile
değildik. Biz ortaokul öğrencileri gibi kavga ederdik, onursuz-
ca. Sanıyorum gece boyunca bir patlama beklemiştim, papi ile
mami arasında bir kavga. Papi'min foyasının hep böyle ortaya
çıkacağını düşünmüştüm, herkesin ortasında, alenen.

Beni aldatıyorsun.

Fakat her şey her zamanki kadar sakindi. Mami bir şey söy-
lemek üzereymiş gibi görünmüyordu. Papi'yle arada sırada dans
ediyorlar, fakat bu bir şarkıdan fazla sürmüyordu. Mami hemen
tia'nın yanına gidiyor ve konuşmalarına kaldıkları yerden de-
vam ediyorlardı.

Mami'nin papi'yi tanımadan önceki halini hayal etmeye ça-
lıştım. Belki yorgundum ya da ailemin nasıl olduğunu düşün-
mek beni hüzünlendiriyordu. Belki birkaç yıl sonra nasıl sonla-
nacağını ta o zaman biliyordum; mami terk edilecekti. Belki de
bunu bu yüzden yaptım. Onu yalnız hayal etmeye çalışmak ko-
lay değildi. Papi hep onunla olmuştu sanki, Santo Domingo'da
onun bizi yanına almasını beklerken bile.

Mami'nin genç bir kadın olarak evlenmeden önceki tek
fotoğrafı birinin bir seçim partisinde çektiği ve benim bir gün
atari salonuna gitmek için para ararken bulduğum fotoğrafıydı.
Mami fotoğrafı göçmen belgelerinin arasına gizlemişti. Fotoğ-
rafta etrafı gülen kuzenleri tarafından sarılmıştı. Hiçbir zaman
tanımayacağım kuzenleri danstan terlemiş görünüyorlardı, giy-
sileri buruşuk, üzerlerine bol. Gece ve sıcak olduğu ve sivrisi-
neklerin saldırdığı belli oluyordu. Mami fotoğrafta dik oturuyor
ve herkesin kutladığı kişi kendisiymiş gibi gülümserken kala-
balığın içinde hemen göze çarpıyordu. Elleri görünmüyordu
fakat bir hasır parçasını ya da ipi düğümlediğini hayal ettim. Bu
babamın bir yıl sonra Malecón'da tanıyacağı kadındı, Mami'nin
her zaman olacağını sandığı kadın.

Mami onu incelemekte olduğumu sezmiş olmalıydı çünkü

yaptığı işe ara verip bana gülümsedi, belki de o gece ilk kez. Aniden yanına gidip ona sarılmak geldi içimden, sadece onu sevdiğim için, fakat aramızda on bir tane filan şişman ve titreşen beden vardı. Ben de çini döşeli yere oturup bekledim.

Uyuyakalmış olmalıydım çünkü ondan sonra bütün bildiğim Rafa'nın beni tekmeleyip, Hadi, gidiyoruz, dediğiydi. Kızlarla işi bağlamış gibi görünüyordu; ağzı kulaklarındaydı. Ayağa kalkıp tia ve tio'mu öptüm. Mami elinde yanında getirdiği servis tabağını tutuyordu.

Papi nerede? diye sordum.

Aşağıya indi, minibüsü getiriyor. Mami eğilip beni öptü.

Bugün usluydun, dedi.

Sonra papi içeri daldı ve pendejo polisin teki ona ceza yazmadan aşağı inmemizi söyledi. Öpüşmelerin ve el sıkışmaların ardından aşağı indik.

39

Porto Rikolu kadını tanıdıktan sonra pek huzursuz olduğumu hatırlamıyorum, fakat herhalde öyleydim, çünkü mami bana sadece hayatımda bir şeylerin yolunda gitmediğini hissettiğinde soru sorardı. On kez filan pas geçtikten sonra sonunda bir öğle vakti evde yalnızken beni köşeye kıstırdı. Üst komşumuz çocuklarını fena dövüyordu ve bütün öğleden sonrayı onları dinleyerek geçirmiştik. Elini elimin üstüne koydu. Her şey yolunda mı, Yunior? Abinle kavga mı ediyorsunuz?

Rafa'yla çoktan konuşmuştuk. Evdekiler duymasın diye bodruma inmiştik. Bana kadından haberi olduğunu söylemişti.

Papi beni oraya iki kez götürdü, dedi.

Bana neden söylemedin? diye sordum.

Ne diyecektim? *Hey Yunior, dün ne oldu tahmin et? Babamın* sucia'*sını tanıdım!* Bunu mu demem gerekiyordu?

Ben de mami'ye bir şey söylemedim. Beni çok, çok dikkatli izledi. Daha sonra ona söyleseydim babamla yüzleşirdi, bu konuda bir şey yapardı, diye düşünecektim, fakat insan bunları nasıl bilebilir? Anneme okulda bazı sorunlar yaşadığımı söyledim ve aramızda her şey o anda düzeldi. Elini koyup omzumu sıktı, o kadar.

Ücretli yoldaydık, 11 numaralı sapağı henüz geçmiştik ki tekrar hissetmeye başladım. Rafa'ya yaslanmayı bırakıp doğruldum. Rafa'nın parmakları kokuyordu. Minibüse biner binmez uyuyakalmıştı. Madai de uyuyordu, fakat o horlamıyordu en azından.

Karanlıkta papi'nin, elini, mami'nin dizinin üstüne koymuş olduğunu gördüm, ikisi de sessiz ve hareketsizdiler. Koltuklarında kaykılmış filan değillerdi; ikisi de koltuklarında dimdik oturuyorlardı ve uyanıktılar. Yüzlerini göremiyor, ne kadar çabalarsam çabalayayım ifadelerini zihnimde canlandıramıyordum. İkisi de hareket etmiyordu. Arada sırada, minibüsün içi başka bir arabanın farlarıyla aydınlanıyordu. Mami, dedim ve ikisi de arkaya dönüp baktılar, neler olduğunu çoktan biliyorlardı.

AURORA

Bugün erken saatlerde Cut ile birlikte Güney Nehri'ne sürüp biraz daha ot satın aldık. Her zamanki alışveriş, bizi ay sonuna kadar götürecek kadar. Bizi ota alıştıran Perulu torbacı süper otundan bir numune verdi (Jewel çok sevdi, dedi) ve dönüş yolunda Hydrox fabrikasının önünden geçerken ikimiz de arka koltukta pişen kurabiye kokusu aldığımıza yemin edebilirdik. Cut damla çikolatalı kurabiye kokusu alıyordu, fakat benim burnuma okuldaki sert Hindistan cevizli kurabiyelerin kokusu geliyordu.

Hasiktir, dedi Cut, salyalarım üzerime akıyor.

Ona baktığımda çenesindeki siyah sakalı ve boynu kuruydu.

Bu ot çok kudretli, dedim.

Ben de bu sözcüğü arıyordum, kudretli.

Güçlü, dedim.

Otu ayırmak, tartmak ve torbalamak birkaç saat televizyon seyretmemizi gerektirdi. Yol boyunca tüttürmüştük ve yatağa yattığımızda ikimiz de uçuyorduk. Cut kurabiye meselesini düşünüp kıkırdıyor, bense Aurora'nın gelmesini bekliyorum. Cuma günleri geleceğini ummak için iyi bir gün. Cuma günleri her zaman yeni malımız olur ve o bunu bilir.

Birbirimizi görmeyeli bir hafta oluyor. Kolumu tırmaladığından beri görüşmedik. Şimdi geçmek üzere, tükürükle ovsam geçip gidecekler gibi, fakat sivri tırnaklarıyla ilk tırmaladığında uzun ve şiştiler.

Gece yarısına doğru bodrum penceresini tıklattığını duyuyorum. Ben, Dışarı çıkıp onunla konuşacağım, deyinceye kadar dört kez adımı sesleniyor.

Yapma, diyor Cut. Bulaşma.

Cut'ın Aurora'dan haz ettiği pek söylenemez, bıraktığı notları bana hiçbir zaman iletmez mesela. O notları cebinde ve kanepenin altında bulurum. Genellikle palavradır ama bazen bende ona dahi iyi davranma arzusu uyandıran bir not bıraktığı olur. Komşularımızın kendilerinden parçaları borulardan aşağı gönderişini dinleyerek bir süre daha yatmaya devam ediyorum. Aurora pencereyi tıklamayı bırakıyor, sigara içmek ya da benim soluğumu dinlemek için belki.

Cut yatakta dönüyor. Bulaşma, kardeşim.

Gidiyorum, diyorum.

Aurora beni kalorifer dairesinde karşılıyor, arkasında tek bir ampul yanıyor. Kapıyı arkamızdan kapatıyorum. Bir kez öpüşüyoruz, dudaktan, fakat dudaklarını bitişik tutuyor, ilk buluşma tarzında. Cut birkaç ay önce kalorifer dairesinin kilidini kırdı, şimdi bize ek bir oda oldu burası, ofisimiz gibi. Duvarlar yağ lekeli beton. Köşede sigaralarımızı ve prezervatiflerimizi fırlattığımız bir gider deliği var.

Aurora zayıf – ıslahevinden çıkalı henüz altı ay oldu, on iki yaşında bir çocuk kadar sıska.

Biraz arkadaşlık istiyorum, diyor.

Köpekler nerede?

Seni sevmediklerini biliyorsun. İsimlerin ilk harflerinden ve küfürden geçilmeyen pencereden dışarı bakıyor. Yağmur yağacak gibi görünüyor, diyor.

Hep öyle görünür.

Evet, ama bu sefer gerçekten yağacak.

Kıçımı am kokan eski şilteye yerleştiriyorum.

Ortağın nerede? diye soruyor.

Uyuyor.

O zencinin bütün bildiği uyumak zaten. Aurora titriyor, bunu o loş ışıkta bile görebiliyorum. O durumda birini öpmek kolay değil, dokunmak bile kolay değil – et paten takmış gibi hareket eder. Sırt çantasının iplerini çözüp bir paket sigara çıkarıyor. Sırt çantasından yaşıyor yine, sigara ve kirli giysilerle. Çantada kirli bir tişört, iki tampon ve aynı yeşil şortu görüyorum, ona geçen yaz satın aldığım yüksek belli şort.

Neredeydin? diye soruyorum. Ortalıkta yoktun.

Beni biliyorsun. *Yo ando más que un perro.*

Saçı ıslak ve siyah. Bir arkadaşında ya da boş bir dairede duş yapmış olmalı. Bu kadar uzun zamandır uzak durduğu için ona öfke duymam gerektiğini ve Cut'ın muhtemelen bizi dinlediğini biliyorum, fakat elini tutup öpüyorum.

Hadi, diyorum.

Son sefere dair hiçbir şey söylemedin.

Ben son seferi hatırlayamıyorum. Sadece seni hatırlıyorum.

Karizma lafımı ağzıma tıkacakmış gibi bakıyor bana. Sonra yüzü pürüzsüz bir hal alıyor. Fingirdeşmek mi istiyorsun? diye soruyor.

Evet, diyorum. Onu şilteye yatırıp giysilerini çekiştiriyorum.

Yavaş, diyor.

O söz konusu olduğunda kendime hâkim olamıyorum, kafamın iyi olması durumu daha da zorlaştırıyor. Elini kürek kemiklerimin üzerine koyuyor, onları çekiş tarzından beni açmaya çalıştığı duygusuna kapılıyorum.

Acele etme, diyor.

Hepimiz böyle şeyler yaparız, yararsız işler. Yaparsın ve daha sonra kendini kötü hissedersin. Cut ertesi sabah salsa müziğini açtığında uyanıyorum, yalnızım, kan beynimde saltolar atıyor.

43

Aurora'nın ceplerimi aramış olduğunu görüyorum, pantolonumun dışında iki dil gibi sarkıyorlar. Cepleri geri itmeye bile zahmet etmemiş.

BİR İŞ GÜNÜ

Bu sabah yağmur yağıyor. Otobüs durağında bekleyen insanların arasına dalıyoruz, 9 Numaralı Karayolu yakınındaki karavan parklarına gidiyoruz. Her yere bir bok bırakıyoruz. Ona bir onluk, buna bir onluk, siğilli iri adam için yirmi beş gram ot, kokainman sevgilisi için biraz eroin, şu sol gözü kanlı olan. Herkes uzun hafta sonu tatili için alışveriş yapıyor. Ne zaman bir ele bir torba bıraksam, İşte, adamım be, diyorum.

Cut dün gece bizi duyduğunu söylüyor, bu konuda başımın etini yiyip duruyor. AIDS'in henüz çükünün düşmesine neden olmamasına şaşıyorum, diyor.

Benim bağışıklığım var, diyorum ona. Bana bakıp konuşmaya devam etmemi söylüyor. Anca konuş sen, diyor.

Dört telefon geliyor ve Pathfinder cipimizle Güney Amboy'a ve Freehold'a yollanıyoruz. Sonra Terrace'a dönüp işlerimizi daha çok ayak kuvvetiyle yapıyoruz. İşleri böyle yürütüyoruz, ne kadar az araba kullanırsak o kadar iyi.

Müşterilerimizin hiçbiri özel değil. Listemizde rahipler, *abuela*'lar, polis memurları filan yok. Bir sürü genç ve son nüfus sayımından beri bir işte çalışmamış ya da saçını kestirmemiş yaşlıca tipler. Perth Amboy ve New Brunswick'de bana büyükanne ve babalardan tutun da ilkokul dördüncü sınıfı öğrencilerine varıncaya kadar bütün ailelere servis yaptıklarını söyleyen arkadaşlarım var. Burada iş oraya varmış değil henüz, fakat torbacılık yapan çocukların ve kasaba dışından gelenlerin sayısı artıyor, burada yaşayan insanların akrabaları. Hâlâ müthiş para kazanıyoruz, fakat iş giderek güçleşiyor.

Cut'ı bir kez bıçakladılar. Ben işi büyütmemiz gerektiğini düşünüyorum, fakat Cut reddediyor. Küçük kalmanın çok daha iyi olduğunu söylüyor.

Güvenilir ve uysalız, bu yüzden başlarının kimseyle belaya girmesini istemeyen yaşlılarla aramız iyi. Ben çocuklarda başarılıyım, işin o yanını ben yürütüyorum. Günün her saatinde çalışıyoruz. Cut kız arkadaşını görmeye gittiğinde ben Westminister'da bir aşağı bir yukarı yürüyüp herkese, N'aber? diyerek çalışmaya devam ediyorum. Tek başıma çalışmayı seviyorum. Biraz gergin bir tipim ve kapalı mekânlarda bulunmayı sevmem. Beni okulda görmeliydiniz. *Olvidate.*

GECELERİMİZDEN BİRİ

Birbirimizi konuyu kapatamayacağımız kadar derinden yaralıyoruz. Sahip olduğum her şeyi kırıyor, bana bir şeyi değiştirebilirmiş gibi bağırıyor, kapıları parmaklarımın üzerine kapatmaya çalışıyor. Benden ona hiçbir yerde görülmemiş bir sevgi vaat etmemi istediğinde başka kızları düşünüyorum. Sonuncusu Kean Üniversitesi'nin basketbol takımındaydı, benim tenim bile onunkinin yanında siyah kalırdı. Kendi arabası olan bir üniversite öğrencisiydi ve maçtan hemen sonra üzerinde üniformasıyla gelirdi, kötü bir turnike ya da çenesine yediği dirsek için diğer okulun takımına öfkeli.

Bu gece Aurora ile televizyonun karşısına oturmuş bir kasa birayı paylaşıyoruz. Bu fena yapacak, diyor, bira kutusunu havaya kaldırarak. Eroinimiz de var, onun için biraz, benim için biraz. Yukarıda komşularım kendi uzun gecelerini yaşıyor, birbirlerine dair bütün kartlarını açıyorlar. Büyük, acımasız ve gürültülü kartlar.

Şu romantizmi dinle, diyor Aurora.

Gönül alıcı sözler, diyorum. Bağırıyorlar çünkü âşıklar.

Gözlüğümü çıkarıp beni yüzümün neredeyse hiç ellenme-
yen yerinden öpüyor, çerçevenin altında kalan yerden.

Uzun kirpiklerin bende ağlama isteği uyandırıyor, diyor.
Böyle kirpikleri olan bir adamı kim nasıl üzebilir?

Bilmiyorum, diyorum, ama onun bilmesi gerekir. Bir kere-
sinde kalçama bir tükenmez kalem sapladı, fakat o gece göğsü-
nü yumruklayıp morartmıştım, bu yüzden sayılmaz.

Önce ben kendimden geçiyorum, her zamanki gibi. Bütü-
nüyle kaymadan önce filmden bazı sahneler yakalıyorum. Ada-
mın teki plastik bir bardağa çok fazla viski koyuyor. Birbirlerine
doğru koşan bir çift. Aurora'nın yaptığı gibi binlerce kötü prog-
ram için uyanık kalabilseydim keşke, fakat o boynumun yan ta-
rafında solumaya devam ettikçe önemi yok.

Daha sonra gözlerimi açıyor ve onu Cut'la öpüşürken ya-
kalıyorum. Aurora kalçalarını Cut'a sürtüyor ve Cut'ın kıllı eli
onun saçlarının arasında. Siktir, diyorum, fakat sonra uyanı-
yorum ve onu kanepede uyurken buluyorum. Elimi kalçasına
koyuyorum. Henüz on yedisinde bile değil, benden başka her-
kes için fazla sıska. Piposu masanın üzerinde, içmeden önce
benim sızmamı beklemiş. Kokuyu gidermek için balkon kapı-
sını açıyorum. Tekrar uykuya dönüyorum. Sabahleyin uyandı-
ğımda kendimi küvette yatarken buluyorum ve çenemde kan
var. Neler olduğunu hiç hatırlamıyorum. Bu iyi değil, diyorum
kendi kendime. Onu orada bulmayı umarak oturma odasına
geçiyorum, fakat gitmiş yine. Ayılmak için burnuma bir yum-
ruk atıyorum.

SEVGİ

Sık görüşmüyoruz. Ayda iki ya da dört kez belki. Zaman bu
aralar benim için normal geçmiyor, fakat sık görüşmediğimi-
zi biliyorum. Artık benim kendime ait bir hayatım var, diyor

bana, fakat yine uçmakta olduğunu görmek için uzman olmaya gerek yok. Yeni olan bu.

Aurora ıslahevine gitmeden önce daha yakındık, çok daha yakın. Her gün takılıyor, kalacak bir yere ihtiyaç duyduğumuzda kendimize henüz kiralanmamış boş bir daire buluyorduk. Pencerelerden birini kırıp içeri süzülüyorduk. Boş evin soğuğunu yumuşatmak için yanımızda çarşaf, yastık ve mum götürüyorduk. Aurora duvarları pastel kalemlerle değişik resimler yaparak renklendiriyor, kırmızı mumların balmumunu dökerek harikulade örüntüler oluşturuyordu. Ona yeteneği olduğunu söylediğimde gülüyordu. Resim dersinde çok başarılıydım. Çok başarılı, diyordu. Bu boş dairelerde iki hafta kadar kalıyorduk, kapıcı daireyi bir sonraki kiracı için temizlemeye gelinceye kadar; o zaman geldiğimizde pencerenin ve kapı kilidinin tamir edilmiş olduğunu görüyorduk.

Bazı geceler –özellikle Cut'ın kız arkadaşını kanepede becerdiği gecelerde– yine eskisi gibi olmamızı arzuluyorum. Sanıyorum ben fazlasıyla geçmişte yaşayan tiplerden biriyim. Cut kızıyla sevişirken ve kız, Ah, evet, *damelo duro*, *Papi*, daha sert, daha sert, diye inlediğinde giyinip onu aramaya çıkıyorum. Aurora boş dairelerde takılmaya devam ediyor, fakat bunu kokainman bağımlısı bir çeteyle yapıyor ve çetedeki iki kızdan biri Harry adında bir çocukla takılıyor. Bana onun kardeşi gibi olduğunu söylüyor ama buna inanacak kadar salak değilim. Harry'de biraz pato'luk var, tam bir Cabrón; iki kez Cut'tan, iki kez de benden dayak yedi. Aurora, onu bulduğum geceler Harry'ye öteki kırığıymış gibi tutunuyor, bir dakika bile dışarı çıkmak istemiyor. Diğerleri bana yanımda mal olup olmadığını sorarak pis pis bakıyorlar. Var mı bir şeyin? diye inliyor Harry, başını büyük olgun bir Hindistan cevizi gibi dizlerinin arasına sokarak. Bir şey mi istiyorsun? diyorum ve Aurora'yı kolundan tuttuğum gibi yatak odasına götürüyorum. Elbise dolabının kapısına yaslanıyor. Belki bir şeyler yemek istersin diye düşündüm, diyorum.

Yemek yedim. Sigaran var mı?

Ona açılmamış bir paket veriyorum. Elinde hafifçe tutuyor, birkaç tane içmek ile paketi başkasına satmak arasında kararsız belli ki.

Sana bir paket daha verebilirim, diyorum. Bana, kendimi neden göt gibi davranmak zorunda hissettiğimi soruyor.

Teklif ediyorum, hepsi bu.

Bana bu ses tonuyla hiçbir şey teklif etme.

Sakin ol, *nena*.

Birer sigara içiyoruz. O dumanını tıslayarak üflüyor. Sonra ben plastik jaluzileri kapatıyorum. Bazen yanımda prezervatif taşırım ama her zaman değil. Bana başka hiç kimseyle yatmadığını söylüyor ama kendimi kandırmıyorum. Harry, Ne halt yiyorsunuz orada? diye bağırıyor, fakat kapıya dokunmuyor, kapıyı çalmıyor bile. Daha sonra, Aurora sırtımı çimdiklerken yan odadakiler tekrar konuşmaya başladıklarında, kendimi ne kadar kinci hissettiğime şaşıyorum, yumruğumu nasıl Aurora'nın yüzünün ortasına yerleştirmek istediğime.

Onu her zaman bulamıyorum; zamanının çoğunu *Hacienda*'lardan birinde geçiriyor. Bazen kilitlenmemiş kapılar ve Dorito kırıntıları buluyorum, sifonu çekilmemiş bir tuvalet belki. Her zaman kusmuk, dolapta ya da duvarda. Bazen biri yere sıçıyor, salonun ortasına; gözlerim karanlığa alışmadan ortalıkta dolanmamayı öğrendim. Elimi kör gibi öne uzatarak bir odadan ötekine giderim, belki bu kez parmaklarımın ucunda sıvalı bir duvar değil de onun yumuşak yüzüne hissetmeyi umarak. Bir keresinde oldu, uzun zaman önce.

Dairelerin hepsi aynı, asla bir sürprizle karşılaşmazsın. Lavaboda ellerimi yıkadıktan sonra onları duvarda kurular ve çıkarım.

KÖŞE

Bir şeyi yeterince uzun seyredersen onun uzmanı olabilirsin. Nasıl yaşadığını, ne yediğini filan öğrenirsin. Bu gece köşe soğuk ve hareketsiz. Zarların kaldırımda çıkardıkları takırtıyı duyabiliyorum. Karayolundan gelen bütün kamyonlar ve elden geçirilmiş külüstürler mutlaka klaksona basıyorlar.

Köşe sigara içtiğin, yemek yediğin, sikiştiğin, barbut oynadığın yerdir. Acayip barbut oyunları. Gecede barbuttan iki yüz üç yüz dolar götüren kardeşler biliyorum. Birileri her zaman çok kaybeder. Fakat dikkatli olmak zorundasın. Kimin kaybettikten sonra rövanş için silah ya da palayla geleceğini kestiremezsin. Ben Cut'ın öğüdü doğrultusunda zarları hep kibarca yuvarlarım, fazla konuşmadan ve hava atmadan. Herkesle aram iyidir ve oyuna gelenler her zaman bana bir dolar verip omuzlarını omzuma dayarlar, halimi hatırımı sorarlar. Cut kız arkadaşıyla konuşur, uzun saçını çeker, küçük oğluyla oynaşır, fakat gözleri her zaman polislere karşı tetiktedir, mayın tarayıcıları gibi.

Hepimiz büyük sokak lambalarının altındayız, herkes bir gün beklemiş sidik renginde görünüyor. Elli yaşına geldiğimde arkadaşlarımı böyle hatırlayacağım; yorgun, sarı ve sarhoş. Eggie de orada. Çocuk kendine afro saç yapmış, kocaman kafası sıska boynunun üzerinde çok gülünç duruyor. Kafası bir ton bu gece. Eggie eskiden, Cut'ın kız arkadaşı devreye girmeden önce, Cut için çalışırdı, fakat sorumsuz orospu çocuğunun tekiydi, fazla hava atar, abuk sabuk konuşurdu. Şimdi de saçma sapan bir şey için bazı *tiguere*'lerle tartışıyor ve geri adım atmayınca kimsenin mutlu olmadığını görüyorum. Köşenin havası ısındı şimdi ve başımı sallamakla yetiniyorum. Nelo'nun, Eggie'nin palavra sıktığı zencinin, çoğumuzun yediği trafik cezalarından fazla cezaevine girip çıkmışlığı var. Bu zırvalık için hiç havamda değilim.

Cut'a hamburger isteyip istemediğini soruyorum. Kız arkadaşının oğlu yanıma gelip, Bana iki tane al, diyor.

Çabuk dön, diyor Cut, tamamen işe odaklı. Bana para vermeye kalkıyor, fakat gülüp ona hamburgerlerin benden olduğunu söylüyorum.

Araba yakındaki otoparkta duruyor, çamur içinde ama hâlâ iyi gidiyor. Acelem yok; onu apartmanların arkasına sürüyorum, çöplüğe çıkan yollara sürüyorum. Gençken en çok oraya takılır, bazen söndüremediğimiz ateşler yakardık. Yol boyunca pek çok arazi hâlâ siyah. Farlarımın ışığına takılan her şeyin –eski lastik yığınları, tabelalar, kulübeler– bende bir anısı var. Burada ilk kez tabancayla ateş etmiştim. İlk porno dergilerimi şuraya gizlemiştim. İlk kız arkadaşımı burada öpmüştüm.

Restorana geç bir saatte varıyorum; ışıkları söndürmüşler fakat ön tarafta çalışan kızı tanıyorum, beni içeri alıyor. Kız şişman ama yüzü güzel, bana bir kez öpüştüğümüz zamanı düşündürüyor, elini külotuna soktuğumda tamponunu hissetmiştim. Ona annesinin nasıl olduğunu soruyorum, Fena sayılmaz, diyor. Erkek kardeşini soruyorum. Hâlâ donanmada, Virginia'da, diyor. Pato'nun tekine dönüşmesine izin verme, diyorum. Gülüp boynundaki isim kartını çekiştiriyor. Onun gibi gülen bir kadın erkek bulmakta hiçbir zaman güçlük çekmez. Bunu ona söylüyorum ve benden biraz korkmuş gibi görünüyor. Kalmış hamburgerleri lambaların altında bana bedava veriyor. Köşeye döndüğümde Eggie çimlerin üzerinde baygın yatıyor. Ondan daha büyük iki çocuk etrafında durmuş yüzüne işiyorlar. Hadi, Eggie, diyor biri, aç şu ağzını. Akşam yemeğin geliyor. Cut katıla katıla güldüğü için benimle konuşamıyor ve katıla katıla gülen sadece o değil. Herkes gülmekten katılıyor, bazıları kankalarının başını tutup kaldırıma çarparmış gibi yapıyorlar. Oğlana hamburgerlerini veriyorum. Kimse tarafından rahatsız edilmemek için iki çalının arasına giriyor. Yere çömeliyor ve Carhartt tişörtünü lekelememeye özen göstererek yağlı paketi açıyor. Neden bana şundan bir parça vermiyorsun? diyor kızlardan biri.

Çünkü açım, diyor, kocaman bir ısırık alarak.

LUCERO

Senin adını koyacaktım, dedi bana. Gömleğimi katlayıp mutfak tezgâhının üzerine koydu. Dairede hiçbir şey yok, sadece çıplak ikimiz, birkaç bira ve yarısı kalmış pizza, soğuk ve yağlı. Sen adını bir yıldızdan almışsın.

Bu, çocuktan haberim olmadan çok önceydi. Bu şekilde konuşmaya devam etti ve sonunda, Ne anlatıyorsun sen be? dedim.

Gömleği tezgâhın üzerinden aldı, tekrar katladıktan sonra çok ciddi bir iş başarmış gibi ellerini üzerinde gezdirdi. Sana bir şey anlatıyorum. Bana dair bir şey. Bütün yapman gereken dinlemek.

SENİ KURTARABİLİRİM

Onu Quick Check'in önünde buluyorum, ateşi var. Takıldığı Hacienda'ya gitmek istiyor ama tek başına değil. Benimle gel, diyor, avucunu omzuma koyarak.

Başın belada mı?

Siktir et onu. Sadece birinin yanımda olmasını istiyorum.

Eve gitmem gerektiğini biliyorum. Polisler Hacienda'yı yılda iki kez filan basıyorlar, bayrammış gibi. Bugün benim şanslı günüm olabilir. Bugün bizim şanslı günümüz olabilir.

İçeri girmek zorunda değilsin. Benimle biraz takıl yeter.

İçimdeki ses, Hayır, derken neden, Tamam, olur, diyorum bilmiyorum.

9 numaralı karayoluna yürüyüp karşıya geçmek için trafiğin kesilmesini bekliyoruz. Arabalar vınlayarak geçiyorlar ve yeni bir Pontiac üstümüze doğru geliyor, korku verici, sokak ışıkları arabanın üzerinden akıyor, fakat kılımızı kıpırdatamayacak kadar yükseğiz. Sürücü sarışın bir tip, gülüyor, ona parmak gösteriyoruz. Arabaları seyrediyoruz. Üzerimizdeki gökyüzü balkabağı renginde. Onu görmeyeli on gün oldu, fakat sakin bir

hali var, saçını geriye doğru taramış, okula dönmüş gibi. Annem evleniyor, diyor.

Şu radyatörcüyle mi?

Hayır, başka biriyle. Adamın araba yıkama istasyonu var.

Cidden iyiymiş. Annen yaşına göre şanslı sayılır.

Benimle düğüne gelmek ister misin?

Sigaramı söndürüyorum. Neden ikimizi orada göremiyorum? O banyoda sigara içer ve ben damatla ilgilenirken. Bilmiyorum.

Annem bana kendime elbise satın almam için para gönderdi.

Para duruyor mu?

Tabii ki duruyor. Etrafına bakınıyor, incinmiş gibi bir hali var. Gönlünü almak için onu öpüyorum. Belki önümüzdeki hafta gidip kendime bir elbise bakarım. Beni güzel gösterecek bir şey istiyorum. Kıçımı güzel gösterecek bir şey, diyor.

Bira şişelerinin otların arasında kabak gibi yetiştikleri bir kamyonet yolundan yürümeye devam ediyoruz. Daire yolun sonunda, çatısı turuncu kiremitli ve dış cephesi sarıya boyalı bir ev. Pencerelere çivilenmiş tahtalar eski dişler kadar gevşek. Ön taraftaki çalılar yüksek ve afro saç kadar dolaşık. Polisler onu geçen yıl burada bastıklarında onlara beni aradığını, birlikte sinemaya gitmeyi planladığımızı söylemişti. Ben oranın on kilometre yakınında bile değildim. Polisler gülmekten ölmüşlerdi muhtemelen. Sinema. Elbette. Ona hangi filme gitmeyi planladığımızı sorduklarında bir film adı bile verememişti.

Burada beklemeni istiyorum, dedi.

Bana göre hava hoş. İçerisi bana göre değil.

Aurora parmağıyla çenesini ovuşturuyor. Hiçbir yere gitme.

Tamam, sen de acele et.

Edeceğim. Ellerini mor rüzgârlığının ceplerine sokuyor.

Çabuk ol, Aurora.

Biriyle çok kısa bir konuşma yapmam gerek, diyor ve onun

için dönüp, Hey, eve gidelim, demenin ne kadar kolay olduğunu düşünüyorum. Kolumu boynuna dolar, elli yıl filan gitmesine izin vermezdim, belki de hiçbir zaman. Durup dururken pes eden insanlar tanıyorum, bir gün ağız kokusuyla uyanırlar ve, Buraya kadar, artık tak etti, derler. Aurora bana gülümsedikten sonra koşarak köşeyi dönüyor, saçının arkası ensesine düşüp kalkıyor. Çalıların arkasında bir gölgeye dönüşüyor ve yan taraftaki otoparkta çalışan hayat kadınları için duran Dodge'ları ve Chevy'leri dinliyorum. Her şeyi duyuyorum. Bisiklet zincirinin takırtısı. Yakındaki apartmanlarda açılan televizyonlar, on ses bir odaya tıkılmış. Bir saat kadar sonra karayolunda trafik azalıyor, Ernston kavşağından gelen araba kükremeleri bile duyuluyor. Bu evden herkesin haberi var, insanlar her yerden geliyorlar.

Terliyorum. Servis yolunun sonuna kadar yürüyüp dönüyorum. Hadi artık, diyorum. Hacienda'dan yeşil eşofman giymiş yaşlı osuruğun teki çıkıyor, saçını tuhaf taramış. *Abuelo* tipli biri, kaldırımına tükürdüğün için bağıranlardan. Yüzünde kocaman bir gülümseme – geniş, boktan, kendinden hoşnut. O evlerde neler döndüğünü iyi biliyorum; satılan kıçlar, canavarlıklar.

Hey, diyorum ve beni –kısa, esmer, mutsuz– gördüğünde koşmaya başlıyor. Arabasının kapısına atılıyor. Buraya gel, diyorum, elimi silahlıymışım gibi önde tutup yavaşça ona doğru yürüyerek. Sana bir şey sormak istiyorum. Yere doğru süzülüyor, kolları havada, parmakları açık, elleri denizyıldızı gibi. Ayak bileğine basıyorum fakat bağırmıyor. Gözleri kapalı, burun delikleri açık. Ayağımı iyice bastırıyorum, gıkı bile çıkmıyor.

SENİN YOKLUĞUNDA

Bana ıslahevinden üç mektup yazdı, üçünde de pek bir şey söylemiyordu, üç sayfa dolusu palavra. Yemeklerden ve çarşafların sertliğinden ve sabahları nasıl mevsim kışmış gibi solgun uyandığından yakınıyor. *Üç ay geçti ve hâlâ regl olmadım. Doktor si-nirsel olduğunu söyledi. Evet, tabii. Sana öteki kızlardan söz eder-dim (anlatacak çok şey var) ama bu mektupları yırtarlar. İyisindir umarım. Benim için kötü şeyler düşünme. Ve kimsenin köpeklerimi satmasına izin verme.*

Tia'sı Fresa o ilk mektupları bana açılmamış olarak verinceye kadar bir iki hafta bekletti. İyi olup olmadığını söyle yeter, dedi. Bütün bilmek istediğim bundan ibaret.

Bana iyiymiş gibi geldi.

Güzel. Başka bir şey söyleme.

Ona hiç olmazsa birkaç satır yazabilirsin.

Elini omzuma koydu ve kulağıma eğildi. Ona sen yaz.

Yazdım ama ne yazdığımı hatırlamıyorum, polislerin birinin arabasını çaldığı için komşusunu tutukladıkları ve martıların her şeyin üzerine sıçtıkları dışında. İkinci mektuptan sonra yazmayı bıraktım ve kötü ya da yanlış bir şey yapıyormuşum duygusuna kapılmadım. Kendimi meşgul edebileceğim çok şey vardı.

Eylülde eve döndüğünde artık otoparkta bir Pathfinder'ımız ve salonda yeni bir Zenith'imiz vardı. Ondan uzak dur, dedi Cut. Böyle bir talih düzelmez.

Sorun yok, dedim. Çelik gibi iradem var, biliyorsun.

Onun gibiler insanda bağımlılık yapar. Yakalanmak istemezsin.

Bütün bir hafta sonu ayrı kaldık, fakat pazartesi günü elimde dört litrelik sütle Pathmark'dan dönerken, Hey *macho*, diyen bir ses duydum. Döndüğümde onu karşımda buldum, köpekleri-ni gezdiriyordu. Üzerinde siyah kazak, siyah pantolon ve eski siyah spor ayakkabıları vardı. İçeriden darmadağın çıkacağını sanmıştım ama sadece zayıflamıştı ve yerinde duramıyordu, el-leri ve yüzü huzursuzdu, gözünü üzerinden ayırmaman gereken çocuklar gibi.

Nasılsın? diye sorup duruyordum. Sonunda bana, Ellerini üs-tüme koy, dedi. Yürümeye başladık. Konuştukça hızlanıyorduk.

Böyle yap, dedi. Parmaklarını hissetmek istiyorum.

Boynunda ağız genişliğinde çürükler vardı. Onları kafana takma. Bulaşıcı değiller.

Kemiklerini hissedebiliyorum.

Güldü. Ben de hissedebiliyorum.

Biraz aklım olsaydı Cut'ı dinlerdim. Onu terk ederdim. Cut'a birbirimize âşık olduğumuzu söylediğimde güldü. Dostum, ben Palavranın Kralıyım ve sen bana palavra sıkıyorsun.

Karayolu yakınında boş bir daire bulduk, köpekleri ve sütü dışarıda bıraktık. Sevdiğin birine kavuşmak nasıldır bilirsiniz. Her zamankinden daha güzeldi, bir kez daha olamayacağı kadar güzel. Bittikten sonra ruju ve ojesiyle duvarlara düzüşen çöp adam ve çöp kadın resimleri çizdi.

İçerisi nasıldı? diye sordum. Cut'la bir gece arabayla önünden geçtik, pek iç açıcı görünmüyordu. Uzun uzun klakson çaldık, belki duyarsın diye.

Doğrulup bana baktı. Soğuk bir bakıştı.

Sadece umut ettik.

İki kıza vurdum, dedi. Aptal kızlar. Bu *büyük* bir hataydı. Beni Sessiz Hücreye koydular. İlk seferinde On Bir gün. İkinci seferinde On Dört gün. Hücreye alışmak mümkün değil, kim olursan ol. Çizimlerine baktı. Orada kendime yeni bir hayat yarattım. Görmeliydin. İkimizin çocukları vardı, büyük mavi bir evimiz vardı, hobilerimiz vardı, her şeyimiz vardı.

Tırnaklarımı yan tarafımda gezdirdi. Bir hafta sonra benden yine mal isteyecekti, yalvaracaktı hatta; bana yapacağımız bütün güzel şeyleri anlatacaktı ve bir süre sonra onu tokatlayacaktım ve kulağından kımıl kımıl kan gelecekti, fakat o anda, o dairede, iki normal insandan farkımız yoktu. Her şey yolundaymış gibi.

55

AGUANTANDO

1.

Hayatımın ilk dokuz yılını babasız yaşadım. Amerika'daydı, çalışıyordu. Onu sadece annemin, yatağının altında bir plastik sandviç torbasında sakladığı fotoğraflardan biliyordum. Çinko damımız su geçirdiği için sahip olduğumuz neredeyse her şey su lekeliydi; giysilerimiz, mami'nin Kitabı Mukaddes'i, makyaj malzemeleri, yiyeceklerimiz, abuelo'nun aletleri, ucuz ahşap mobilyalarımız. Babamın fotoğrafları o plastik torba sayesinde kurtuldular.

Papi'yi düşündüğümde özellikle bir fotoğrafını düşünürdüm. Amerikan işgalinden birkaç gün önce çekilmişti; 1965 yılı. Ben o zaman hayatta bile değildim; mami ölü doğan ilk kardeşime hamileydi ve abuelo'nun gözleri iş tutabilecek kadar görüyordu. Ne tür bir fotoğraftan söz ettiğimi biliyorsunuzdur mutlaka. Kenarları oymalı, genellikle kahverengi. Arkasında annemin okunaksız el yazısı var – tarih, babamın adı hatta sokağın adı, evimizin bir üst sokağı. Babamın üzerinde Guardia üniforması var, kahverengi kepi tıraşlı başında yana eğik, dudaklarının arasında yakılmamış bir *Constitución* sigarası. Siyah gülümsemeyen gözleri benim gözlerim.

Aklıma fazla gelmezdi. Nueva York'a gittiğinde dört yaşındaydım, fakat onunla birlikte geçirdiğim tek bir an bile hatırlamadığım için hayatımın dokuz yolunu onsuz geçirdiğimi varsayıyorum. Onu hayal etmeye çalıştığım günlerde –mami artık ondan fazla söz etmediği için bu pek sık olmazdı– benim için fotoğraftaki askerdi. İzleri geride bıraktığı üniformalarında görülebilen bir puro dumanı bulutuydu. Arkadaşlarımın babalarından parçalardı, köşedeki domino oyuncularından parçalar, mami ve abuelo'dan parçalar. Onu hiç tanımıyordum. Bizi terk ettiğini bilmiyordum. Onu beklemenin bir yalan olduğunu bilmiyordum.

Cementerio Nacional'ın güneyinde üç odalı ahşap bir evde oturuyorduk. Yoksulduk. Sadece campo'da yaşayanlar ve Haitili göçmenler bizden daha yoksuldular. Mami bizi avutmak için onları örnek verirdi.

Campo'da değilsiniz en azından. O zaman taş yerdiniz.

Biz taş yemiyorduk, fakat et ya da fasulye de yemiyorduk. Tabağımıza konan neredeyse her şey haşlanmıştı; haşlanmış yuca, haşlanmış platano, haşlanmış *guineo*, belki yanında bir parça peynir ya da *bacalao*. En iyi günlerde peynir ve platano'lar kızartılırdı. Rafa'yla her yıl kurtlandığımızda annem bize *Verminox* satın almak için gırtlağımızdan kesmek zorunda kalırdı. Dış helamızda kaç kez çömelip dişlerimi sıkarak uzun gri parazitlerin bacaklarımın arasından süzülüşünü seyrettiğimi hatırlamıyorum.

Okulumuz Mauricio Baez'de, üniforma ya da uygun *mascota*'ları satın alacak paramız olmamasına rağmen, çocuklar bizimle pek uğraşmazlardı. Mami üniforma konusunda bir şey yapamazdı ama mascota'lar söz konusu olduğunda arkadaşlarından topladığı kâğıt sayfaları birbirine dikerek bir şeyler uydururdu. İkimizin de birer kurşun kalemi vardı ve kurşun kalemimizi kaybedersek, benim bir kez kaybettiğim gibi, mami bizim için bir tane ödünç alıncaya kadar okula gidemez, evde kalırdık. Öğretmenimiz okul kitaplarını başka öğrencilerle birlikte paylaşmamızı sağlamıştı fakat o çocuklar bizim yüzümüze bile bakmaz, yanlarına yaklaştığımızda soluklarını tutarlardı.

Mami çikolata fabrikasında çalışıyordu, üç kuruş için on on iki saatlik vardiyalar. Her sabah yedide kalkardı. Ben de onunla kalkardım çünkü hiçbir zaman geç saate kadar uyuyamazdım. O çelik varilden su çekerken ben mutfaktan sabunu getirirdim. Suda her zaman yapraklar ve böcekler olurdu, fakat kovaya temiz su doldurmakta mami'nin üstüne yoktu. Ufacık bir kadındı ve heladayken daha da küçük görünürdü. Teni esmer, saçları şaşırtıcı derecede düzdü. Karnında ve sırtında hayatta kalmayı başardığı 1965 roket saldırısından yara izleri vardı. Giyinik olduğunda yara izlerinin hiçbiri görünmezdi, fakat ona sarıldığında yara izlerini bileklerinin altında, avuçlarının yumuşak yerlerinde hissederdin.

Annem işteyken bize abuelo'nun göz kulak olması gerekiyordu fakat o genellikle arkadaşlarını görmeye ya da kapan kurmaya giderdi. Birkaç yıl önce, barrio'daki sıçan sorunu dayanılmaz bir hal aldığında (abuelo'm bana o *maldito*'ların çocuk çaldıklarını söylemişti) kendine bir kapan inşa etmişti. Bir yok edici. Kapanını kullanmak isteyenlerden para almazdı, mami olsaydı alırdı; abuelo'nun tek koşulu çelik çubuğu kendisinin kurmasıydı. O çubuğun parmak doğradığına tanık oldum, derdi ödünç alanlara, fakat aslında kendine yapacak bir şey yaratmaya çalışıyordu, bir tür iş. Sadece bizim evimizde bir düzine sıçan öldürmüştü. Tunti'de bir evde iki gecelik bir katliam sonucunda orospu çocuklarından kırk tanesi can vermişti. Abuelo, Tunti'deki insanlarla iki gece geçirmiş, kapanı kurmuş ve kanı yakmıştı. Eve döndüğünde gülümsüyordu ama yorgundu, beyaz saçları darmadağındı. Annem ona, Sabaha kadar karı düzmüş gibi görünüyorsun, dedi.

Abuelo, ortalıkta olmadığında Rafa'yla istediğimiz her şeyi yapardık. Rafa genellikle arkadaşlarıyla takılırdı, bense komşumuz Wilfredo'yla oynardım. Bazen ağaçlara tırmanırdım. Barrio'da tırmanamayacağım ağaç yoktu. Bazı günler bütün bir öğleden sonrayı ağaçların üzerinde geçirir, etraftaki hareketleri yukarıdan izlerdim. Abuelo ortalıktayken (ya da uyanıkken) bana eski güzel günlerden söz ederdi, bir erkeğin hayatını *finca*'sından kazanabildiği ve Amerika Birleşik Devletleri'ne gitme hayalleri kurmadığı günlerden.

Mami eve güneş battıktan sonra gelirdi, tam da gün boyunca içilen alkolün komşuların bazılarını delirtmeye başladığı saatte. Barrio'muz güvenli sayılmazdı, mami genellikle fabrikadaki işçilerden birinden ona eve kadar eşlik etmesini rica ederdi. Bunlar genç adamlardı, bazıları bekârdı. Mami ona eşlik etmelerine izin verir fakat onları asla eve davet etmezdi. Onlara veda ederken koluyla kapı girişini kapatır, kimsenin eve giremeyeceğini anlamalarını sağlardı. Sıska bir kadındı ve bu, Ada'da kötü gözle bakılan bir şeydi, fakat zeki ve espriliydi ve bu her yerde nadir görülen bir şeydir. Erkekler onu çekici bulurlardı. Ben tüneğimden bu Porfirio Rubirosa'ların* pek çoğunun, Yarın görüşürüz, dedikten sonra annemin zor kadın numarası yapıp yapmadığından emin olmak için sokağın karşısına oturup beklediklerine tanık oldum. Mami bu adamların orada olduklarını bilmezdi. On beş dakika bekler, evi seyrettikten sonra en yalnız olanları bile fötr şapkalarını başlarına geçirip evlerine giderlerdi.

Mami'ye işten sonra önce salıncaklı koltuğuna oturmadan hiçbir şey yaptıramazdık, yemek bile pişirmezdi. Sorunlarımıza, dizlerimizdeki sıyrıklara, kimin ne dediğine dair hiçbir şey duymak istemezdi. Arka avluda gözleri kapalı oturur, böceklerin kollarını ve bacaklarını ısırmasına izin verirdi. Bazen *guanabana*

---

* Porfirio Rubirosa Ariza, diktatör Rafael Trujillo destekçileri arasında yer alan Dominikli bir diplomat ve askerdi. Araba yarışçısı ve polo oyuncusu da olan Rubirosa yaşadığı dönemde kadınlarla olan ilişkileri dolayısıyla "playboy" olarak anıldı. —*yhn*

ağacına tırmanırdım ve mami gözlerini açtığında beni yukarıdan ona gülümserken görürdü, sonra gözlerini tekrar kapatırdı. Onu gülümsetinceye kadar yukarıdan üzerine dal parçaları atardım.

2.

Hepten *flojo* olduğumuz zamanlarda, son renkli banknot da çantasından uçup gittiğinde, mami bizi akrabalarımıza postalardı. Wilfredo'nun babasının telefonunu kullanır ve bu aramaları her zaman sabahın erken saatlerinde yapardı. Rafa'nın yanında yatarken onun yumuşak ve telaşsız ricalarını dinler, akrabalarımızın ona *vete pa'l carajo* demesini beklerdim, fakat Santo Domingo'da hiçbir zaman böyle bir şey olmazdı.

Rafa genellikle Ocoa'daki tio'larımızın yanına giderdi, bense Boca Chica'daki Miranda Tia'ma. Bazen ikimiz de Ocoa'ya giderdik. Boca Chica da Ocoa da pek uzak sayılmazdı, fakat ben hiçbir zaman gitmek istemezdim. Genellikle beni otobüse bindirmek için saatlerce dil dökmek zorunda kalırlardı.

Ne kadar? diye sorardım anneme saldırgan bir biçimde.

Çok uzun değil, diye söz verirdi, tıraşlı ensemdeki kabuk bağlamış yaraları inceleyerek. Bir hafta. En fazla iki.

Kaç gün yapıyor?

On, yirmi.

Keyfin yerinde olacak, derdi Rafa bana, gidere tükürerek.

Nereden biliyorsun? *Brujo*'musun?

Evet, derdi gülümseyerek, aynen öyleyim.

Rafa nereye olsa giderdi; onun istediği tek şey aileden uzak olmak ve birlikte büyümediği insanlarla tanışmaktı, o yaştaydı.

Herkesin tatile ihtiyacı vardır, derdi abuelo. Eğlenmene bak. Su kenarında olacaksın. Yiyeceğin yemekleri düşün.

Ben aileden uzak olmayı hiç istemezdim. İçgüdüsel olarak

bu mesafelerin bazen nasıl zorlaşıp kalıcı olabildiğini bilirdim. Boca Chica yolculuğu boyunca okyanusu, balık tutan ve yol kenarında hindistancevizi satan çocukları, parçalanmış gümüş bulutları gibi havada patlayan dalgaları fark edemeyecek kadar bunalımda olurdum.

Miranda Tia'nın çatısı kiremit, zemini ise kedilerinin baş etmekte zorlandığı seramik kaplı güzel bir evi vardı. Mobilyaları uyumluydu ve televizyonu ve muslukları sorunsuz çalışırdı. Bütün komşuları yönetici ve *hombres de negocios*'tu, her büyüklükte bir colmado'ya üç blok yürüyerek giderdin. *O* tür mahallelerden biri. Okyanus uzak değildi. Zamanımın çoğunu kumsalda oranın çocuklarıyla oynayıp güneşin altında esmerleşerek geçirirdim.

Tia diyorum ama aslında mami'nin kardeşi değildi; benim madrina'mdı, ve abimle beni arada sırada evinde konuk etmesinin nedeni buydu. Para vermezdi ama. Hiç kimseye borç para vermezdi, ayyaş eski kocasına bile. Mami bunu bildiği için ondan hiç para istemezdi. Miranda Tia elli yaşlarında, incecik bir kadındı. Saçına ne sürse bir türlü bir şeye benzemezdi; permaları bir haftadan fazla dayanmaz, bir hafta sonra yine kıvırcık haline dönerdi. İki çocuğu vardı, Yennifer ve Bienvenido, fakat neredeyse hep beni gözlerdi. Dudakları hep üzerimdeydi. Yemek yerken beni zehrin etkisini göstermesini bekliyormuş gibi izlerdi.

Bunun uzun zamandır yemediğin bir şey olduğuna bahse girerim, derdi.

Başımı sallardım. On sekiz yaşında olan ve saçını ağartan Yennifer, Anne, onu rahat bırak, derdi.

Miranda Tia'nın babama dair örtük cümleler sarf etmek gibi bir eğilimi vardı, genellikle iki kadeh *Brugal* yuvarladıktan sonra.

Çok fazla aldı.

Keşke annen onun gerçek doğasını daha önce keşfetseydi.

Sizi nasıl bıraktığını bir görse.

Bu haftalar çabuk geçmezdi. Geceleri yalnız kalmak için sa-

61

hile inerdim, fakat kendilerini maymuna çeviren turistler ve onları soymaya çalışan tiguere'ler yüzünden bu mümkün olmazdı. *Las Tres Marias*, derdim kendime gökyüzünü işaret ederek. Bildiğim tek yıldızlar.

Fakat bir gün yüzmekten eve döndüğümde mami ile Rafa'yı ellerinde limonatalarıyla salonda otururken bulurdum.

Döndünüz, derdim, sesimdeki heyecanı gizlemeye çalışarak.

Yaramazlık yapmamıştır umarım, derdi mami Miranda Tia'ya. Saçı kesilmiş, tırnakları ojeli olurdu; üzerinde her dışarı çıktığında giydiği elbise.

Rafa gülümseyip omzumu tokatlardı, son gördüğümden daha esmer. N'abersin, Yunior, beni özlemedin mi ha?

Yanına otururdum ve kolunu omzuma dolardı. Miranda Tia'nın, mami'ye ne kadar uslu davrandığımı ve yediğim bütün farklı şeyleri anlatışını dinlerdik.

3.

Babamın bizi almaya geldiği yıl dokuz yaşındaydım ve hiçbir beklentimiz yoktu. Sözü edilebilecek herhangi bir işaret yoktu. Dominik çikolatası o yıl pek revaçta olmadığı için fabrikanın Porto Rikolu patronları işçilerin büyük kısmını iki aylığına işten çıkarmışlardı. Bu patronlar için iyi, bizim için ise *un desastre* bir durumdu. Ondan sonra annem sürekli evdeydi. Yediği haltları gizlemekte usta olan Rafa'nın aksine ben başımı sürekli belaya sokuyordum. Wilfredo'yu yumruklamaktan birilerinin tavuğunu yorgunluktan bayıltıncaya kadar kovalamaya varıncaya kadar. Mami vurmayı sevmezdi; yüzüm duvara dönük, çakılların üzerinde diz çöktürmeyi yeğlerdi. Mektubun geldiği öğleden sonra beni abuelo'nun palasını mango ağacımıza saplarken yakaladı. Köşeye Yunior. Abuelo'mun on dakikalık cezamı çektiğimden emin olması gerekiyordu fakat tahta yontmakla meşgul olduğu için umursamazdı. Üç dakika sonra kalkmama ve annemin duyabileceği bir sesle, Tamam, deyinceye kadar banyoya gizlenmeme izin verirdi. Sonra dizlerimi ovuşturarak tütsü kulübesine giderdim ve platano soymakta olan mami başını kaldırıp bakardı.

Dersini almışsındır umarım, muchacho, yoksa hayatının sonuna kadar diz çökmek zorunda kalırsın.

Sabahtan beri yağmakta olan yağmuru seyrettim. Hayır, kalmayacağım, dedim ona.

Bana laf mı yetiştiriyorsun?

Kıçıma bir tane yapıştırınca Wilfredo'yu aramak için dışarı kaçtım. Onu evinin saçağının altında buldum, rüzgâr yüzüne yağmur serpiyordu. Abartılı bir biçimde el sıkıştık. Ben ona Muhammed Ali derdim, o da bana Sinbad; bunlar bizim Kuzey Amerika adlarımızdı. İkimizin de altında şort vardı; Wilfredo'nun ayaklarındaki sandaletler parçalanmak üzereydi.

Nedir bu? diye sordum.

Gemi, dedi, babasının bizim için katladığı kâğıtları göstererek. Bu benimki.

Kazanan ne alacak?

Altın bir kupa, bu büyüklükte.

Tamam, cabron, varım. Gemini benden önce salma.

Tamam, dedi, su yolunun kenarına giderek. Sokağın köşesine kadar açık bir yolumuz vardı. Bizim bulunduğumuz tarafa boğulmuş bir Monarch dışında park etmiş araba yoktu, onun da lastikleri ile kaldırımın arasında gemilerimizi rahatça yüzdürebileceğimiz kadar açıklık vardı.

Beş turu tamamladıktan sonra birinin külüstür motosikletini evimizin önüne park etmiş olduğunu gördüm.

Kim o? diye sordu Wilfredo bana, ıslak gemisini tekrar suya bırakarak.

Bilmiyorum, dedim.

Gidip öğren.

Eve doğru yürümeye başlamıştım bile. Ben kapıya varmadan motosikletin sürücüsü dışarı çıktı. Hızla motosikletine binip ardında egzoz dumanı bırakarak gazladı.

Mami ile abuelo arka avluda oturmuş konuşuyorlardı. Abuelo öfkeliydi, baston oyan ellerini yumruk yapmıştı. Sebze taşıdığı kamyoneti iki işçisi tarafından çalındığından beri onu hiç bu kadar *bravo* görmemiştim.

Sokağa çık, dedi mami bana.

Kimdi o?

Sana ne dedim?

Tanıdığımız biri miydi?

Sokağa çık, dedi mami, sesi birazdan gerçekleşecek bir cinayetin habercisi.

Bir sorun mu var? diye sordu Wilfredo ona tekrar katıldığımda. Burnu akmaya başlamıştı.

Bilmiyorum, dedim.

Rafa yaptığı bilardo maçından bir saat sonra kasıla kasıla dönünceye kadar mami ve abuelo'yla beş kez filan konuşmayı denemiştim. Son seferinde mami boynuma bir şaplak yerleştirmişti ve Wilfredo bana boynumda annemin parmaklarının izini görebildiğini söylemişti. Rafa'ya her şeyi anlattım.

Bu işte bir bit yeniği var, dedi. Sigarasını fırlattı. Sen burada bekle. Arka tarafa geçti ve mami'yle konuştuklarını duydum. Bağırıp çağırmıyor, tartışmıyorlardı.

Gel, dedi bana. Annem odamıza gitmemizi istiyor.

Neden?

Öyle dedi. Ona hayır mı deseydim?

Öfkelendiğinde değil.

Aynen.

Wilfredo'nun elini tokatladım ve Rafa ile birlikte ön kapıdan eve girdim. Neler oluyor?

Papi'den mektup aldı.

Gerçekten mi? İçinde para var mı?

Hayır.

Ne diyor?

Nereden bileyim?

Yatağın kenarına oturup bir paket sigara çıkardı. Sigarasını yakma ritüelini seyrettim – ince puronun dudaklarının arasına fiskeleyişi, ardından kıvılcım, başparmağının çalışılmış tek bir hareketiyle.

O çakmağı nereden buldun?

Benim *novia* verdi.

Söyle bana da bir tane versin.

Al. Çakmağı bana fırlattı. Çeneni kaparsan sende kalabilir.

Sahi mi?

Gördün mü? dedi, çakmağı almak için uzanarak. Kaybettin bile.

Çenemi kapatıp yatağa yerleştim.

Hey Sinbad, dedi Wilfredo, başını pencereden uzatarak. Neler oluyor?

Babam bize mektup yazmış!

Rafa başıma bir tane vurdu. Bu *ailevi* bir mesele, Yunior. Her yere yayma.

Wilfredo gülümsedi. Ben kimseye söylemem.

Tabii ki söylemeyeceksin, dedi Rafa. Çünkü söylersen kafanı kopartırım.

Beklemeye karar verdim. Odamız evin abuelo'nun tahta parçalarıyla ayırdığı bir bölümünden ibaretti. Mami bir köşede mumlu bir sunak, taş bir dibeğin üzerinde bir puro, bir bardak su ve bizim asla dokunamadığımız iki oyuncak asker bulundururdu. Yatağımızın hemen üzerinde üstümüze bir ağ gibi dökülmeyi bekleyen cibinlik vardı. Arkama yaslanıp çinko çatımıza yağan yağmurunu sesini dinledim.

Mami akşam yemeği için sofrayı kurdu ve biz yerken bizi seyretti, sonra tekrar odamıza dönmemizi emretti. Onu hiç bu kadar ifadesiz, bu kadar katı görmemiştim. Ona sarılmaya

65

kalkıştığımda beni itip uzaklaştırdı. Yatağa dön, dedi. Yağmuru dinlemeye döndüm. Görünüşe göre uyuyakalmıştım çünkü uyandığımda Rafa düşünceli bir biçimde bana bakıyordu. Dışarıda hava kararmıştı, evde bizden başka kimse uyanık değildi. Mektubu okudum, dedi Rafa sessizce. Yatağa bağdaş kurmuştu, kaburgaları göğsünde merdiven oluşturmuştu. Papi geliyormuş.

Gerçekten mi?

Ben inanmıyorum.

Neden?

Bu sözü ilk kez vermiyor, Yunior.

Hı hı, dedim.

Dışarıda *Señora* Tejada kendi kendine şarkı söylemeye başladı. Kötü söylüyordu.

Rafa?

Ne?

Senin okuyabildiğini bilmiyordum.

Ben dokuz yaşındaydım ve kendi adımı bile yazamıyordum.

Biliyorum, dedi sessizce. Bir şekilde öğrendim. Hadi yat artık.

4.

Rafa haklıydı. İlk kez değildi. Amerika'ya gittikten iki yıl sonra bizi almaya geleceğini yazmış, mami de bütün saflığıyla ona inanmıştı. İki yıl tek başına kaldıktan sonra her şeye inanmaya hazırdı. Babamın mektubunu herkese göndermiş hatta babamla telefonda konuşmuştu. Babama ulaşmak kolay değildi ama bir şekilde ulaşmayı başarmış ve babam onu geleceğine temin etmişti. Sözü senetti. Bizimle bile konuştu, Rafa hayal meyal hatırlıyor, bizi ne kadar çok sevdiğine ve annemize iyi bakmamız gerektiğine dair bir sürü palavra.

Mami o zaman bir parti hazırlığına girdi, kurban etmek

için bir keçi bile ayarladı. Bana ve Rafa'ya yeni giysiler satın aldı. Papi gelmeyince herkesi evine gönderdi, keçiyi sahibine iade etti. Aklını yitirmeye çok yaklaştı. O ayın ağırlığını hatırlıyorum, her şeyden daha yoğundu neredeyse. Abuelo, babama bıraktığı telefon numaralarından ulaşmaya çalıştığında onunla birlikte yaşayan adamların hiçbiri nereye gitmiş olduğuna dair hiçbir şey bilmiyorlardı.

Rafa'yla anneme ikide birde Amerika'ya ne zaman gideceğimizi, papi'nin ne zaman geleceğini sormamızın yararı olduğu da söylenemezdi. Bana şimdi babamın fotoğrafına neredeyse her gün bakmak istediğim söyleniyor. Kendimi papi için deli olurken hayal etmekte zorlanıyorum. Annem bana fotoğrafları göstermeyi reddettiğinde kendimi alev almış gibi yerlere fırlatıyordum. Sonra çığlık atıyordum. Çocukken bile sesim hayli gürdü, sokaktaki insanlar başlarını çevirip bakarlardı.

Mami önce beni tokatlayarak susturmaya çalıştı fakat bunun yararı olmadı. Sonra beni odaya kilitledi ve orada abim bana sakin olmamı söyledi, fakat ben başımı sallayıp daha da tiz çığlıklar attım. Yatıştırılmam mümkün değildi. Giysilerimi yırtmayı öğrendim çünkü bu annemi incitecek tek şeydi. Odamdaki bütün gömleklerimi aldı, bana bir tek parmaklarımla zarar veremeyeceğim şortlarımı bıraktı. Duvardan bir çivi söküp şortlara delikler açtım, ta ki Rafa beni yakalayıp, Yeter artık, seni küçük puto, deyinceye kadar.

Mami zamanının büyük kısmını evin dışında geçiriyordu. Ya işteydi ya da dalgaların kayaların üzerinde parçalanışını seyrettiği ve erkeklerin ona sessizce içtiği sigaralar sunduğu *malecon*'daydı. Bu ne kadar sürdü bilmiyorum. Aylarca, üç ay belki. Sonra bir ilkbahar sabahı, *amapola*'ların yaprakları alev aldığında uyandım ve abuelo'yu evde yalnız buldum.

Gitti, dedi. İstediğin kadar ağla, *malcriado*.

Rafa'dan onun Ocoa'daki tio'ların yanında olduğunu öğrendim.

67

Mami'nin bizden uzak kaldığı dönem hiç tartışılmadı, ne o zaman ne de şimdi. Beş hafta sonra döndüğünde daha zayıf ve daha esmerdi, elleri nasır içindeydi. Daha genç görünüyordu, Santo Domingo'ya on beş yıl önce gelen ve evlenmek için yanıp tutuşan genç kızı andırıyordu. Arkadaşları gelip onunla oturdular, konuştular. Papi'nin adı geçtiğinde gözleri kısılıyordu, sonra gözlerinin karanlığı geri geliyor ve gülüyordu, havayı temizleyen küçük kişisel bir gök gürültüsü.

Döndükten sonra bana kötü davranmadı fakat eskisi kadar yakın değildik artık; bana, *Prieto*, * diye hitap etmiyor, fabrikadan çikolata getirmiyordu. Böylesi ona iyi geliyor gibiydi. Ben de tepkisini kolaylıkla unutacak kadar küçüktüm. Hâlâ beyzbolum ve abim vardı. Hâlâ tırmanacak ağaçlarım ve parçalayacağım kertenkelelerim vardı.

68

5.

Mektup geldikten bir hafta sonra onu ağaçlarımın tepesinden seyrettim. Öğle yemeklerimiz için kâğıt torbalara koyduğu peynirli sandviçler yapıyor, akşam yemeğimiz için platano haşlıyordu. Kirli giysilerimizi evin dışındaki beton yalakta döve döve yıkıyordu. Ne zaman ağaçta fazla yükseğe tırmandığımı düşünse aşağı inmemi söylüyordu. Örümcek-Adam değilsin, diyordu, parmak eklemleriyle başıma vurarak. Wilfredo'nun babasının abuelo'mla domino oynamaya ve siyaset konuşmaya geldiği öğleden sonraları onlarla oturuyor, anlattıkları campo hikâyelerine gülüyordu. Bana normal haline dönmüş gibi geldi, yine de onu kışkırtmamaya dikkat ediyordum. Her şeye rağmen bir anda yanardağ olup patlayacakmış gibi bir havası vardı.

Cumartesi günü Başkent'in yakınından bir kasırga geçti. Er-

---

* İspanyolcada siyah tenli ya da Afrika Amerika kökenli kimselere seslenmek için kullanılan argo bir tabir. —*yhn*

tesi gün herkes malecon'daki dalgaların ne kadar yüksek olduğundan konuşuyordu. Bazı çocuklar kaybolmuşlardı, dalgalara kapılıp sürüklenmişlerdi. Abuelo bu haberi duyduğunda başını iki yana salladı. Halbuki denizin çoktan bizden usanmış olmasını beklersin, dedi.

O pazar günü mami bizi arka avluya topladı. Bir gün tatil yapacağız, dedi. Bugünü aile olarak geçireceğiz.

Bizim tatile ihtiyacımız yok, dediğimde Rafa bana her zamankinden daha sert vurdu.

Kapa çeneni, tamam mı?

Ben da ona vurmaya çalıştım fakat abuelo ikimizi de kollarımızdan kavradı. Kafalarınızı yarmayayım şimdi, dedi.

Annem giyindi, saçını topladı, otobüse tıkışmayalım diye bir taksi bile çağırdı. Taksi şoförü biz beklerken koltukları havluyla sildiğinde ve ona, Kirli görünmüyorlar, dediğimde, İnan bana, delikanlı, kirliler, dedi. Mami güzel görünüyordu. Yanlarından geçtiğimiz erkeklerin çoğu nereye gittiğini bilmek istiyorlardı. Paramız az olmasına rağmen bizi sinemaya götürdü. *Beş Ölümcül Zehir.* O günlerde sinemalarda sadece Kung Fu filmleri gösterilirdi. Ben mami ile abuelo'nun arasına oturdum. Rafa arka tarafta sigara içen çocukların yanına geçti ve onlarla Licey takımında oynayan bir beyzbolcuyu tartışmaya başladı.

Filmden sonra mami bize şekerli buz satın aldı. Şekerli buzlarımızı yerken deniz kayalıklarının arasında sürünen semenderleri seyrettik. Dalgalar devasaydı. George Washington'ın bazı bölgeleri su altında kalmıştı, arabalar suyun içinde yavaşça dönüyorlardı.

Kırmızı *guayabera* giymiş bir adam yanımıza geldi. Bir sigara yaktıktan sonra anneme döndü, rüzgâr gömleğinin yakasını havaya kaldırmıştı. Neredensiniz? diye sordu.

Santiago, dedi annem.

Rafa homurdandı.

Akraba ziyareti öyleyse?

Evet, dedi annem. Kocamın akrabaları.

Adam başını yukarı aşağı salladı. Esmerdi, boynunda ve ellerinde açık renk lekeler vardı. Sigarasını dudaklarına götürürken parmakları hafifçe titredi. Okyanusun ne yapacağını görmek için sigarasını düşürmesini umdum. Adamın bize *buenos dias* dileyip gitmesi için bir dakika beklemek zorunda kaldık.

Çatlak herif, dedi abuelo.

Rafa yumruğunu havaya kaldırdı. Bana bir işaret verseydin kafasına bir kung yumruğu yerleştirirdim.

Baban bana daha iyi asılmıştı, dedi annem.

Abuelo ellerinin arkasına baktı, onları kaplayan uzun beyaz kıllara. Utanmış görünüyordu.

Baban bana bir sigara isteyip istemediğimi sordu, sonra büyük bir adam olduğunu kanıtlamak için bütün bir paketi verdi.

Korkuluğa tutundum. Burada mı?

Yo, hayır, dedi annem. Döndü ve trafiğin üzerinden karşıya baktı. Kentin o bölümünde artık yeller esiyor.

6.

Rafa babamın geceleyin geleceğini düşünüyordu, İsa gibi. Bir sabah kalktığımızda onu kahvaltı masasında bulacaktık, tıraşsız ve gülümseyerek. İnanılmayacak kadar gerçekti. Rafa daha uzun boylu olacağı tahmininde bulundu. Kuzey Amerika yemekleri insanın boyunun uzamasına neden olurdu. Mami'yi iş dönüşünde bir Alman arabasıyla yoldan alarak şaşırtacaktı. Anneme eve kadar eşlik eden adama bir şey söylemeyecekti. Annem ne diyeceğini bilemeyecekti, babam da öyle. Malecon'a süreceklerdi ve babam annemi sinemaya götürecekti, çünkü öyle tanışmışlardı ve aynı şekilde tekrar başlamak istiyordu.

Ben babamı tırmandığım ağacın üzerinden görecektim. Ellerini sallayan ve gözleri gözlerime benzeyen bir adam. Parmaklarında altın, boynuna sürdüğü tıraş kolonyası, üzerinde ipek gömlek, ayağında güzel deri ayakkabılar. Bütün barrio ona hoş geldin demeye gelecekti. Babam mami ve Rafa'yı öptükten sonra abuelo'nun kararsız elini sıkacak, sonra herkesin arkasında duran beni görecekti. Nesi var bunun? diye soracaktı ve mami, Seni tanımıyor, diyecekti. Babam açık sarı çoraplarının görüneceği bir şekilde yere çömeldikten sonra parmaklarını kollarımdaki ve başımdaki yara izlerinde gezdirecekti. Yunior, diyecekti sonunda, sakallı suratı yüzümün önünde, başparmağıyla yanağımda daire çizerek.

BOĞUL

Annem bana Beto'nun evde olduğunu söylüyor ve benim bir şey
dememi bekliyor, fakat ben televizyon seyretmeye devam edi-
yorum. Ancak annem yattıktan sonra ceketimi giyiyor ve onu
görmek için mahallede dolanıyorum. Şimdi bir pato oldu ama
iki yıl önce yakın arkadaştık. Evimize kapıyı çalmadan girer, gür
sesiyle annemi odasının İspanyolluğundan dışarı getirtir, benim
bodrumdan yukarı çıkmama neden olurdu. Çatlayan ve insana
amcalarını ve dedelerini çağrıştıran bir sesi vardı.

O zamanlar fırtına gibi esiyor, deli gibi çalıyor, pencereleri
kırıyor, insanların basamaklarına işiyor, sonra onlara meydan
okuyup bizi durdurmaları için dışarı çıkmaya davet ediyorduk.
Beto yaz sonunda üniversiteye gitmek için mahalleyi terk ede-
cekti ve düşüncesi bile onu sevinçten çıldırtmaya yetiyordu –
mahallenin her şeyinden nefret ediyordu; binalardan, küçük çim
şeritlerden, bidonların etrafındaki çöp yığınlarından, çöp topla-
ma alanından, özellikle çöp toplama alanından.

Nasıl dayanıyorsun bilmiyorum, derdi bana. Senin yerinden
olsam bir yerde kendime iş bulup buradan giderdim.

Evet, derdim. Ben onun gibi değildim. Liseyi bitirmeme bir
yıl kalmıştı ve hiçbir yerden teklif almamıştım.

Günlerimizi alışveriş merkezinde ya da otoparkta top oynayarak geçiriyorduk fakat asıl beklediğimiz gecelerdi. Apartmanların içindeki sıcaklık içeri ölmek için girmiş ağır bir şeyi andırıyordu. Aileler balkonlara yerleşiyor, televizyonlarının ışığı tuğlaları maviye boyuyordu. Ailemin yaşadığı apartmandan yıllar önce ekilmiş armut ağaçlarının kokusunu alabiliyordun; her avluda dört tane, bizi soluksuz kalmaktan kurtarmak için muhtemelen. Hiçbir şey hızlı hareket etmiyordu, gün ışığının solması bile uzun zaman alıyordu. Fakat gece çöker çökmez Beto'yla şehir kulübüne gider, tel örgünün üzerinden atlayıp havuza dalardık. Hiçbir zaman yalnız değildik, bacakları tutan bütün çocuklar orada olurlardı. Tramplenden atlar, havuzun derin ucuna yüzer, güreşip şakalaşırdık. Gece yarısına doğru saçları bigudili abuela'lar evlerinin pencerelerinden bize bağırmaya başlarlardı. "*Sinvergüenza*'lar sizi! Evinize gidin!"

Beto'nun apartmanının önünden geçiyorum fakat pencerelerde ışık yok; kulağımı harap kapıya dayıyor ama klimanın tanıdık sesinden başka bir şey duymuyorum. Onunla konuşmak isteyip istemediğime henüz karar vermedim. Akşam yemeğime dönebilirim ve iki yıl üç yıla uzayabilir.

Havuzun gürültüsünü dört blok öteden duyabiliyorum, radyo sesleri de geliyor. Biz de o kadar gürültücü müydük acaba? Değişen pek bir şey yok, aynı iğrenç klor kokusu, aynı cankurtaran istasyonunun duvarında patlayan şişeler. Parmaklarımı plastik kaplı tel örgüye kancalıyorum. İçimde bir ses bana Beto'nun orada olduğunu söylüyor. Tel örgünün üzerinden atlıyor ve karahindiba çiçeklerine ve çime bastığımda kendimi aptal gibi hissediyorum.

Güzel hareket, diye sesleniyor biri.

Kafama sıçayım, diyorum. Oradaki en yaşlı lavuk ben değilim, fakat yakınız. Gömleğimi ve ayakkabılarımı çıkarıp havuza atlıyorum. Çocukların çoğu benim okul arkadaşlarımın küçük kardeşleri. İkisi yüzerek yanımdan geçiyorlar, biri siyah, öteki

73

Latin. Beni görünce duruyorlar, onlara boktan otu satan adamı tanıyorlar. Kokainmanların kendi torbacıları var. Lucero. Bir de Paterson'dan arabayla gelen, mahallenin tek tam-zamanlı gezicisi olan öteki tip.

Su bana iyi geliyor. Derin uçtan başlayarak fazla su sıçratmadan seramik döşeli dibin üzerinde süzülüyorum. Bazen bir başka yüzücü yanımdan geçiyor, bir bedenden çok bir çalkantı. Su yüzüne çıkmadan uzun mesafe gidebiliyorum hâlâ. Yukarıda her şey gürültülü ve parlakken, aşağıda her şey fısıltı. Her zaman su yüzeyine çıkıp el fenerleriyle havuzu tarayan polislerle karşılaşma riski var. Ondan sonra herkes koşuşturmaya başlar, betonun üzerinde ıslak ayakların şıpırtısı, puto polisler, amınıza koyayım sizin, haykırışları.

Yorulduğumda sığ uca yüzüyorum, kız arkadaşını öperken beni aralarına girmeye çalışıyormuşum gibi izleyen bir çocuğun yanından. Gün boyunca havuzu yöneten tabelanın yanına oturuyorum. *Havuzda Şakalaşmayın, Havuzda Koşmayın, Havuza Sıçmayın, Havuza İşemeyin, Havuza Balgam Atmayın.* Tabelanın altına biri *Beyazlar Giremez, Şiko Kızlar giremez,* yazmış ve başka biri eksik ş'yi eklemiş. Gülüyorum. Beto balgam sözcüğünün ne anlama geldiğini bilmiyordu, üniversiteye gidecek olan oydu oysa. Ona, Havuzun kenarına yeşil tükürük salmak, dedim.

Siktir, dedi. Bunu nereden öğrendin?

Omuz silktim.

Söyle bana. Onun bilmediği bir şeyi bilmemden nefret ederdi. Ellerini omuzlarımın üzerine koyup beni suyun altına itti. Üzerinde bir haç ve paçaları kesik kot pantolon vardı. Benden güçlüydü ve beni burnumdan ve ağzımdan su yutuncaya kadar suyun altında tuttu. O zaman bile ona söylemedim; kitap okumadığımı sanıyordu, sözlük bile.

Yalnız yaşıyoruz. Annem kirayı ve market alışverişini karşılamaya yetecek kadar kazanıyor, ben telefon faturasını ödüyorum, bazen de kablolu televizyonu. Annem o kadar sessiz ki çoğu zaman evde olduğunu keşfedip şaşırırım. Bir odaya girerim ve kımıldayarak kendini sıvası dökülmekte olan duvarlardan ya da lekeli dolaplardan ayrıştırdığında içimden bir korku dalgası geçer. Annem sessizliğin sırrını keşfetmiş; ses çıkarmadan kahve koymak, bir odadan ötekine keçe yastıklara basarak yürüyormuş gibi süzülmek, ses çıkarmadan ağlamak. Doğu'ya seyahat ettin ve pek çok gizemli şey öğrendin, derim ona. Bir gölge savaşçı gibisin.

Sen de delinin tekisin, der bana.

Eve girdiğimde hâlâ uyanık, elleri eteğinden iplik parçaları topluyor. Kanepeye bir havlu seriyorum, birlikte televizyon seyrediyoruz. İspanyolca haberlerde anlaşıyoruz; onun için dram, benim için şiddet. *Bugün yedinci kattan düşen çocuğun burnu bile kanamadı, zarar gören tek şey çocuk bezi oldu.* İsterik çocuk bakıcısı, yüz elli kilo civarında, mikrofona kafa atıyor.

Bu bir mucize, diyor ağlayarak.

Annem bana Beto'yu bulup bulmadığımı soruyor. Onu aramadığımı söylüyorum.

Yazık. Bana işletme okumaya başlayacağını söyledi.

Ne olmuş?

Artık neden konuşmadığımızı hiçbir zaman anlayamadı. Ona, bilgelikle, zamanla her şeyin değiştiğini filan izah etmeye çalıştım, fakat o bu deyimlerin sadece çürütülmek için var olduklarını düşünüyor.

Bana senin ne yaptığını sordu.

Ne dedin?

İyi olduğunu söyledim.

Taşındığımı söyleseydin keşke.

Ya yolda karşılaşırsanız?

Annemi ziyaret edemez miyim?

Kollarımdaki gerginliği fark ediyor. Daha çok ben ve baban gibi olmalısın.

Televizyon seyrettiğimi görmüyor musun?

Ben de babana öfkeli değil miydim? Ama şimdi konuşabiliyoruz.

Yahu ben televizyon seyredemeyecek miyim?

Annem cumartesi günü onu alışveriş merkezine götürmemi istiyor. Bir oğul olarak ona bu kadarını borçlu olduğumu düşünüyorum, fakat ikimizin de arabası yok ve M15 otobüsüne binmek için taşralı beyazların bölgesinde üç kilometre yürümek zorundayız.

Evden çıkmadan önce bütün pencereler kilitli mi diye emin olmak için bir tur atıyoruz. Annem mandallara ulaşamadığı için onları bana kontrol ettiriyor. Klimayı çalıştırdığımız için pencereleri hiç açmıyoruz, yine de rutini tamamlıyorum. Elimi mandalın üzerine koymam yeterli değil – takırdadığını duymak istiyor. Bu mahalle güvenli değil, diyor. Lorena tembellik etti ve bak başına neler geldi. Onu yumrukladılar ve evinde kilitli tuttular. O moreno'lar* evde yiyecek ne varsa silip süpürdüler hatta telefon bile ettiler. Telefon!

Bizim telefonumuz şehirlerarası görüşmelere bu yüzden kapalı, diyorum, fakat başını iki yana sallıyor. Bu gülünç değil, diyor.

Annem pek dışarı çıkmaz, çıktığında da tabii onun için bu bir olaydır. Giyinip süslenir, makyaj bile yapar. Bu yüzden cumartesileri Belmar'a ya da Spruce Run'a gidip oralardaki çocuklara mal satarak genellikle bir servet kazanmama rağmen onu alışveriş merkezine götürmemi istediğinde hayır diyemiyorum

Otobüsteki çocukların yarısını tanıyorum. Başımı kepimin altına gömüyor, çocuklardan birinin yanıma gelip bulaşmaması için dua ediyorum. Annem trafiği seyrediyor, elleri çantasının içinde bir yerde, tek kelime etmiyor.

---

* İspanyolcada koyu tenli kişilere hitap etmek için kullanılan bir ifade. Kullanıldığı yere ve kullanan kişinin niyetine göre sevgi hitaplı ya da aşağılayıcı bir anlam kazanabilir. –*yhn*

Alışveriş merkezine vardığımızda ona elli dolar veriyorum. Kendine bir şey satın al, diyorum, onun zihnimdeki, ucuzluk pazarında her şeyi elleyip buruşturan halinden nefret ederek. Eskiden babam her yaz sonunda bana yeni giysiler satın alması için ona yüz dolar verirdi ve o yüz doları harcaması bir hafta filan sürerdi, o parayla alt tarafı iki tişört ve iki kot pantolon satın alınmasına rağmen. Elli dolarlık banknotu kare şeklinde katlıyor. Saat üçte görüşürüz, diyor.

Dükkânlara girip çıkıyorum ve beni izlememesi için kasiyerin görüş alanını içinde kalıyorum. Hırsızlık yaptığım eski günlerden bu yana güzergâhım değişmedi. Kitapevi, plakçı, çizgi romancı, *Macy's*. Beto'yla bu yerlerden deli gibi çalardık, bir seferde iki yüz üç yüz dolarlık mal. Sistemimiz basitti – dükkâna alışveriş poşetiyle girer, dolu çıkardık. O zamanlar güvenlik şimdiki gibi sıkı değildi. Bütün iş dükkândan çıkmaktı. İnsanlar kuşkulanmasın diye dükkânın tam çıkışında durup boktan bir mala bakardık. Ne düşünüyorsun? diye sorardık birbirimize. Hoşuna gider mi sence? İkimizin de kötü hırsızları çalışırken izlemişliğimiz vardı. Bütün yaptıkları kapıp kaçmaktan ibaretti, tarzları yoktu. Biz öyle değildik. Biz dükkânları acele etmeden terk ederdik, yetmişli yılların geniş arabaları gibi. Bunda Beto'nun üstüne yoktu. Poşeti ağzına kadar doluyken güvenlikçiyle bile konuşur, ona yön sorardı, bense üç metre uzağında durup üstüme sıçardım. Bitirdiğinde gülümser, poşeti sallayıp bana işaret çakardı.

Dalga geçmeye bir son ver artık, derdim ona. Ben böyle bir saçmalık için hapse girmek istemiyorum.

Bunun için seni hapse atmazlar. Babana teslim ederler, o kadar. Seninkini bilmiyorum ama benim babamın eli çok ağır.

Güldü. Babamı biliyorsun. Ellerini esnetti ve, Adam eklem iltihabından mustarip, dedi.

Annem giysilerim dolabıma sığmadığında bile asla kuşkulanmazdı, fakat babam o kadar kolay değildi. Her şeyin fiyatını bilirdi ve devamlı bir işim olmadığının farkındaydı.

Sonunda yakalanacaksın, dedi bana bir gün. Bekle gör. Yakalandığında onlara çaldığın her şeyi göstereceğim, o zaman aptal kıçını çürük bir et parçası gibi fırlatıp atacaklar.

Çekici adamdı babam, gerçek bir göttü fakat haklıydı. Kimse sonsuza kadar sürdüremezdi, özellikle bizim gibi çocuklar. Bir gün kitapevindeydik, çaldıklarımızı gizlemeye bile gerek görmemiştik. Sırf eğlence olsun diye aynı *Playboy* dergisinden dört tane, kendi kütüphanemizi başlatmaya yetecek kadar sesli kitap. Çıkarken numara bile yapmadık. Yolumuzu kesen kadın beyaz saçına rağmen yaşlı görünmüyordu. İpek gömleğinin üst düğmeleri açıktı, çilli göğsünde nal biçiminde gümüş bir kolye vardı. Üzgünüm çocuklar, ama poşetlerinize bakmak zorundayım, dedi. Ben yürümeye devam edip sinir olmuş gibi arkama baktım, bizden bir çeyrek filan istemiş gibi. Beto'nun kibarlığı tuttu ve durdu. Sorun yok, dedi, ağır poşeti kadının yüzüne çarparak. Kadın bir iniltiyle soğuk fayansların üzerine yığıldı, avuçları yere çarptı. Koş, dedi Beto.

Güvenlik bizi otobüs durağının karşısında buldu, bir Cherokee cipin altında. Bir otobüs gelip geçmişti, fakat ikimiz de sivil polislerin bizi kelepçelemeyi beklediğini düşünerek binmeye cesaret edememiştik. Güvenlik elemanının copunu tampona vurup, Siz küçük boklar oradan yavaşça çıksanız iyi edersiniz, dediğini duyduğumda ağlamaya başladığımı hatırlıyorum. Beto tek kelime etmedi fakat yüzü kül rengini almıştı, eliyle elimi sıkıyordu, parmak kemiklerimiz kenetlenmişti.

Geceleri Alex ve Danny ile içiyorum. Malibou Bar'da iş yok, sadece fiyasko vakalar ve bize katılmaya ikna ettiğimiz *sucia*'lar. Çok fazla içer, birbirimize kükrer ve sıska barmenin telefona yakın durmasına neden oluruz. Duvarda mantar bir dart tahtası, tuvaletin önünde bir Brunswick Gold Crown bilardo masası var, bantları ezilmiş, çuhası yaşlı deri gibi buruşmuş.

Bar bir rumba gibi ileri geri gidip gelmeye başladığında

geceyi bitirip apartmanların arasından geçerek eve dönerim. Uzaktan Raritan'ı görebilirsin, bir yer solucanı kadar parlaktır, kankamın okula giderken geçtiği nehir. Çöp toplama alanı çoktan kapandı ve üzerinde seyrek çimler belirdi. Durduğum yerden, sağ elim aşağı doğru renksiz bir sidik akışını yönlendirirken, arazi sarışın, kare biçiminde yaşlı bir kafanın tepesini andırır.

Sabahları koşarım. Annem çoktan kalkmış ve ev temizliğine gitmek için hazırlanmaya başlamıştır. Bana tek kelime etmez, hazırladığı mangu'yu* işaret etmeyi konuşmaya yeğler.

Hiç zorlanmadan beş kilometre koşarım, havamdaysam bir kilometre daha eklerim. Mahallemizde siyah K arabasıyla askerlik için adam toplayan adamı kollamayı ihmal etmem. Daha önce konuşmuşluğumuz var. Üzerinde üniforması yoktu ve beni keyifli bir havada yanına çağırdı, ben de bir beyaza yön tarif ederek iyilikte bulunacağım sandım. Sana bir şey sorabilir miyim? 79

Evet.

Bir işte çalışıyor musun?

Bu aralar çalışmıyorum.

Bir iş ister misin? Gerçek bir kariyer, burada edinemeyeceğin türde?

Bir adım geri çekildiğimi hatırlıyorum. Ne olduğuna bağlı, dedim.

Evlat, işe adam alan birini tanıyorum. Adı Amerika Birleşik Devletleri hükümeti.

Şey, kusura bakma, Ordu bana göre değil.

Ben de aynı senin gibi düşünürdüm, dedi, on domuz parmağını halı kaplı direksiyonuna gömmüş. Fakat şimdi bir evim, bir arabam, bir silahım ve bir karım var. Disiplin. Sadakat. Sen bu şeylere sahip olduğunu söyleyebilir misin? Birine bile.

---

* Dominiklilerin günün herhangi bir öğünü için hazırladığı geleneksel yemekleri. Kızarmış muz, sosla pişirilmiş kırmızı soğan, kızarmış peynir ve yumurta ile Dominik'e özgü bir tür salamdan oluşur. —yhn

Adam güneyli ve kızıl saçlı, aksanı o kadar yabancı ki buranın insanları onu duyunca gülerler. Arabasını görmemle çalıların arasına dalmam bir olur. Bu günlerde içimde kendime güvenimi hepten kaybetmiş hissediyorum ve buradan uzaklaşmak istiyorum. Bana Desert Eagle tabancasını ya da çük emen sıska Filipinli kızların fotoğraflarını göstermesine gerek yok. Gülümsemesi ve göreceğim yerlerin adını söylemesi yeter, onu dinlerim.

Eve vardığımda kapıma yaslanıp kalbimin yavaşlamasını bekliyorum, acının keskinliğini yitirmesini. Annemin sesini duyuyorum, mutfaktan gelen bir fısıltı. İncinmiş ya da asabi bir tonu var, ikisi de belki. Önce Beto'nun onun yanında olduğunu sanıp dehşete kapılıyorum fakat sonra baktığımda tembelce sallanan telefon kordonunu görüyorum. Babamla konuşuyor, benim onaylamadığımı bildiği bir şey. Babam Florida'da şimdi, onu arayıp para dilenen zavallı bir adam. Anneme Florida'ya taşınırsa birlikte olduğu kadını terk edeceğine söz veriyor. Anneme bunların yalan olduğunu defalarca söyledim fakat yine de onu arıyor. Babamın sözleri içine çörekleniyor, onu günlerce uykusuz bırakıyor. Annem buzdolabının kapısını hafifçe açıyor ki kompresörün mırıltısı konuşmayı bastırsın. Mutfağa daldığım gibi telefonu kapatıyorum. Bu kadar yeter, diyorum.

Annem afallıyor, eliyle sarkık gerdanını sıkıyor. Oydu, diyor sessizce.

Okul günlerinde Beto'yla otobüs durağında birlikte bekler, çene çalardık fakat okul otobüsü Parkwood tepesinden aşağı iner inmez beden dersinde nasıl çuvalladığımı, matematikte ne kadar başarısız olduğumu ve gezegendeki bütün öğretmenlerden ne kadar nefret ettiğimi düşünmeye başlardım.

Öğleden sonra görüşürüz, derdim.

O sıraya girmiş olurdu. Ben ellerim cebimde arkada durup sırıtırdım. Bizim otobüs şoförlerimiz söz konusu olduğunda saklanmaya gerek yoktu. İkisinin umurunda bile değildi, üçüncüsü ise, Brezilyalı bir vaiz, kendini konuşmaya o kadar kaptırmış olurdu ki önündeki trafik dışında hiçbir şeyi fark etmezdi. Arabası olmayan bir okul kaçağı olmak kolay iş değildi fakat idare ediyordum. Çok televizyon seyrediyor, bundan sıkıldığımda alışveriş merkezine ya da eski belgesel filmleri bedava izleyebildiğin Sayreville Kütüphanesi'ne gidiyordum. Otobüs Ernston'da yanımdan geçerken birinin pencereden Göt herif! diye bağırması ihtimaline karşı mahalleye hep geç saatte dönerdim. Beto genellikle evde ya da salıncakların orada olurdu, fakat bazen ortalıkta olmazdı. Komşu mahalleleri ziyaret ederdi. Benim tanımadığım bir sürü insan tanıyordu – Madison Park'ta kendini dağıtmış siyah bir çocuk, N.Y. kulüp ortamına takılan ve paralarını platform ayakkabı ve deri sırt çantasına harcayan iki erkek kardeş. Annesine beni aramasını söyledikten sonra televizyon seyretmeye dönerdim. Beto ertesi gün otobüs durağında olurdu, sigara içmekten bir gün öncesini anlatmaya fırsat bulamazdı.

Dünyada nasıl yürüyeceğini öğrenmen gerek, derdi bana. Çok şey var orada.

Bazı geceler çocuklarla birlikte New Brunswick'e gideriz arabayla. Güzel kent. Raritan o kadar sığ ve kumludur ki üzerinde yürümek için İsa olman gerekmez. Melody'ye ya da Roxy'ye gider, üniversite öğrencisi kızları seyrederiz. İçer içer, sonra dans pistine yayılırız. Kızlardan hiçbiri bizimle dans etmez, fakat bir bakış ya da temas saatlerce palavra sıkmamıza yeter.

Kulüpler kapandıktan sonra Franklin Vagon Restoran'a gider, patlayıncaya kadar krep yeriz. Sigara paketini bitirdikten sonra eve doğru yola koyuluruz. Danny arka koltukta sızar, Alex rüzgârın gözlerine esmesi için pencereyi indirir. Daha önce direksiyonda uyuyakalmışlığı var, bundan önceki iki arabasını da pert etti. Sokaklar öğrencilerden arınmıştır ve ışıklardan dos-

81

doğru geçeriz, kırmızı ya da yeşil fark etmez. Old Bridge'e geldiğimizde pato'ların takıldığı barın önünden geçeriz. Otoparkta içki içip sohbet ediyorlardır.

Bazen Alex yolun kenarına çekip, Affedersiniz, der. Biri bardan çıktığında plastik tabancasını doğrultur, sırf kaçıp kaçmayacaklarını ya da altlarına işeyip işemeyeceklerini görmek için. Bu gece başını pencereden çıkarıp, Götünüzü sikeyim! diye bağırmakla yetiniyor. Sonra koltuğunda arkasına yaslanıp gülüyor.

Yaratıcıydı, diyorum.

Başını pencereden çıkarıyor yine. Vereceğim ağzına lan!

Evet, diye homurdanıyor Danny arka koltuktan. Vereceğim ağzına!

İki kez. O kadar.

İlki o yazın sonundaydı. Havuzdan gelmiştik ve Beto'nun ailesinin evinde porno videosu seyrediyorduk. Babası hastasıydı bunların, Kaliforniya ve Grand Rapids'teki toptancılardan sipariş ederdi. Beto bana babasının onları gün ortasında seyrettiğini söylerdi, bütün zamanını mutfakta pilav ve *gandule* pişirerek geçiren annesini hiç takmadan. Beto babasıyla oturup video seyreder ve ikisi de tek kelime etmezdi, birinin gözüne ya da yüzüne patladığında gülerlerdi sadece.

Yeni filmi seyretmeye başlayalı bir saat kadar olmuştu, yan dairede çekilmiş izlenimi uyandıran boktan bir şeydi ve birden elini şortumun içine soktu. Ne yapıyorsun? diye sordum, fakat durmadı. Eli kuruydu. Gözlerimi televizyondan ayırmadım, bakmaya korkuyordum. Hemen boşaldım, plastik kanepe kılıfını lekeledim. Bacaklarım titremeye başladı. Oradan çıkmak istedim. Giderken bana bir şey demedi, orada oturup ekrana bakmaya devam etti.

Ertesi gün telefon etti. Sesini duyduğumda soğukkanlılığımı yitirmedim fakat onunla alışveriş merkezine ya da başka bir yere gitmek istemedim. Annem bir şeylerin yolunda gitmediğini hissetti ve beni bu konuda sıkıştırmaya başladı, fakat ona kafamı ütülememesini, beni rahat bırakmasını söyledim. O sıralar bizi ziyaret eden babam beni tokatlamak için kanepeden kalktı. Daha çok bodrumda zaman geçiriyordum, anormal olmaktan ödüm kopuyordu, lanet bir pato olmak istemiyordum, fakat Beto en iyi arkadaşımdı ve o zaman bu benim için her şeyden daha önemliydi. Sırf bunu düşünerek o gece evden çıkıp havuza gittim. Oradaydı, bedeni suyun altında solgun ve sarkık. Hey, dedi. Senin için kaygılanmaya başlamıştım.

Kaygılanacak bir şey yok, dedim.

Yüzdük ve fazla konuşmadık. Daha sonra Skytop çetesinin oraya tek başına gelecek kadar aptal bir kızın bikinisinin üstünü çıkarmalarını seyrettik. Verin şunu, dedi kız, memelerini elleriyle örterek, fakat çocuklar bikinin üstünü kızın başının üzerinde tutup bağırdılar. Kızın kollarını çimdiklemeye başladıklarında kız uzaklaştı, çocuklar da bikini üstünü düz göğüslerinin üzerine geçirmeye çalıştılar.

Elini omzumun üstüne koydu, nabzım avucunda bir şifre gibiydi. Gidelim, dedi. Kendini iyi hissetmiyorsan başka tabii ki.

Kendimi gayet iyi hissediyorum, dedim.

Annesiyle babası gece vardiyasında çalıştıkları için ev sabahın altısına kadar bize aitti. Belimize sardığımız havlularla televizyonun karşısına oturduk, eliyle karnımı okşamaya başladı. İstemiyorsan söyle, dedi. Cevap vermedim. Beni boşalttıktan sonra başını kucağıma koydu. Ne uykudaydım ne de uyanık, ikisinin arasında bir yerde sıkışmıştım, kıyıya çerçöp getiren dalgalar gibi bir ileri bir geri sallanıyordum. Üç hafta sonra gidecekti. Kimse benimle boy ölçüşemez, deyip duruyordu. Üniversiteyi ziyaret etmiştik ve yurtlardan sınıflara girip çıkan öğrencilerle yerleşkenin ne kadar güzel olduğunu görmüştüm. Lisede Florida'dan ne zaman bir uzay mekiği fırlatılsa öğretmenlerin bizi nasıl odalarına tıktıklarını hatırladım. Ailesinin adı iki ilkokula verilmiş öğretmenlerden biri bizi uzay mekiğiyle kıyaslardı. Birkaçınız başaracaksınız. Onlar uydular. Fakat çoğunuz yanıp gideceksiniz. Hiçbir yere varmayacaksınız. Elini masanın üzerine bıraktı. Kendimi daha o an irtifa kaybederken görebiliyordum, dünya altımdaydı, sert ve parlak.

Gözlerim kapalı, televizyon açıktı. Aniden koridorun kapısı açıldı, o yerinden fırladı ve ben şortumu giymeye çalışırken az kalsın çükümü koparacaktım. Komşu, dedi, gülerek. O gülüyordu ama ben, Sikerim böyle işi, ben giyiniyorum, dedim.

Onu babasının artık iyice dökülmeye başlayan Cadillac'ıyla ücretli yola doğru sürerken gördüğümü sanıyorum, fakat emin olamıyorum. Çoktan okula dönmüştür. Ben malımı eve yakın satıyorum, çocukların içki ve ot içtikleri aynı çıkmaz sokakta bir ileri bir geri yürüyerek. Bu serseriler benimle dalga geçiyor, şaka yollu pat pat vuruyorlar ama bazen sertçe. Şimdi karayolunun çevresine inşa edilmiş bütün alışveriş merkezleriyle, çocukların çoğu yarı zamanlı işlerde çalışıyorlar. Önlükleriyle takılıp sigara içerken isim kartları ceplerinden sarkıyor.

Eve vardığımda spor ayakkabılarım kir içinde, eski bir diş fırçası alıp küvette tabanlarını fırçalıyorum. Annem pencereleri ve kapıyı açmış. Hava yeterince serinledi, diyor. Yemek hazırlamış – pilav ve fasulye, kızarmış peynir, tostone'lar. Bak ne aldım, diyor, bana iki mavi tişört göstererek. Bir alana bir bedavaydı, bu yüzden sana bir tane aldım. Dene.

Biraz dar ama önemi yok. Annem televizyonu açıyor. İspanyolca dublajlı bir film, bir klasik, herkesin bildiği filmlerden. Oyuncular kendilerini bir yerden ötekine fırlatıyorlar, tutkuyla, fakat sözleri basit ve önceden tasarlanmış. Bir insanın hayatını bu şekilde yaşadığını tahayyül etmek güç. Cebimdeki banknotları çıkarıyorum. Annem benden alıp parmaklarıyla kırışıklıkları düzeltiyor. *Plata*'sına böyle davranan biri harcamayı hak etmez, diyor.

Filmi seyrediyoruz. Birlikte geçirdiğimiz iki saat bizi birbirimize yakınlaştırıyor. Elini elimin üstüne koyuyor. Filmin sonuna doğru, kahramanlarımız mermi yağmurunun altında yere yığılmak üzereyken, gözlüklerini çıkarıp şakaklarını ovuyor, televizyonun ışığı yüzünde yanıp sönüyor. Bir dakika kadar daha seyrettikten sonra çenesi göğsünün üzerine düşüyor. Hemen ardından gözkapakları titremeye başlıyor, sessiz bir semafor. Düş görüyor, düşünde Boca Raton'da, babamla jakaranda ağaçlarının altında geziniyor. Hiçbir yerde sonsuza dek kalamazsın, derdi Beto, onu uğurlamaya gittiğim gün dediği gibi. Bana bir kitap armağan etti. O gittikten sonra kitabı fırlatıp attım, açıp içine ne yazdığına bakmaya bile zahmet etmeden.

Annemi filmin sonuna kadar uyuması için bırakıyorum. Onu uyandırdığımda başını sallayıp yüzünü buruşturuyor. Pencereleri kontrol et, diyor. Tamam, deyip söz veriyorum.

ERKEK ARKADAŞ

Otu fazla içmemem gerekirdi. Çoğu insanı bayıltır. Beni uyur-gezer yapar. Binamızın holünde okulun bandosu üzerimden geçmiş gibi uyandım. Alt kattaki komşular sabahın üçünde büyük bir kavgaya tutuşmuş olmasalardı sabaha kadar da uyur-dum. Yürüyebilecek durumda değildim, hemen değil en azın-dan. Erkek Arkadaş, Kız Arkadaş'ı atlatmaya çalışıyor, biraz mesafeye ihtiyacı olduğunu söylüyordu, kız da Orospu Çocuğu, sana istediğinden daha fazla mesafe tanıyacağım, diyordu. Er-kek Arkadaş'ı biraz tanıyordum. Onu barlarda görürdüm, bir de Kız Arkadaş yokken eve getirdiği kızların birkaçını görmüş-lüğüm vardı. Kızı aldatmak için biraz mesafeye ihtiyaç duyuyor olmalıydı. Tamam, dedi, fakat her kapıya gidişinde kız ağlamaya başlıyor, Bana bunu neden yapıyorsun? diye bağırıyordu. Bana eski kız arkadaşım Loretta ile yaşadıklarımı hatırlatıyordu, ken-dime artık onun kıçını düşünmeyeceğime söz vermiştim, fakat Kleopatra'yı andıran kentteki bütün Latin kızlar bende Loretta bana geri dönsün arzusu uyandırıyordu. Erkek Arkadaş hole çıktığında ben daireme geçmiştim. Kız Arkadaş ağlamaya de-vam ediyordu. İki kez ağlamayı kesti, benim hemen üstünde hareket ettiğimi duymuş olmalıydı. İki seferinde de o tekrar ağlamaya başlayıncaya kadar soluğumu tuttum. Onu banyoya kadar izledim, aramızda döşeme, kablolar ve borular vardı. Kız, Sikik *ese pepeton*, diyor ve tekrar tekrar yüzünü yıkıyordu. Duruma bu kadar aşina olmasaydım kalbim kırılabilirdi. Bu tür şeylere karşı duyarsızlaşmıştım galiba. Denizaygırlarının yağ bağlaması gibi kalbim de deri bağlamıştı.

Ertesi gün kankam Harold'a olanları anlattım, kız için kötü olduğunu söyledi.

Sanırım öyle, dedim

Kadınlarla kendi sorunlarım olmasaydı gidip dulu teselli edelim derdim.

Senin tipin değil.

Bok değil.

Kız bizim gibi iki dangalak için fazla güzel, fazla klastı. Onu hiç üzerinde tişörtle görmemiştim, ayrıca mutlaka mücevher takardı. Erkek arkadaşına gelince, olvidate. O zenci herif rahatlıkla modellik yapabilirdi; ikisi de modellik yapabilirdi, yapıyorlardı da muhtemelen, aralarında işe ya da patrona dair hiçbir konuşmaya kulak misafiri olmadığım düşünülürse. Bu tür insanlar dokunulmazdır benim için, sanki başka bir gezegende büyümüş ve bana ne kadar kötü yaşadığımı hatırlatmak için mahalleme nakledilmişlerdir. En kötüsü sürekli İspanyolca konuşmalarıydı. Kız arkadaşlarımın hiçbiri İspanyolca konuşmazdı, Porto Riko tavırlı Loretta bile. Buna en yaklaştığım seferinde üç yıl İtalya'da yaşamış siyah bir kızla birlikteydim. Yatakta İtalyanca konuşmayı severdi, bir keresinde benimle ona tanıdığı bazı Sicilyalı erkekleri anımsattığım için birlikte olduğunu söyledi, bu yüzden onu bir daha aramadım.

Erkek Arkadaş o hafta birkaç kez geldi, eşyalarını almaya muhtemelen, işi bitirmeye. Özgüveni yüksek puştun tekiydi. Kızın söylemek istediklerini, toparlamak için saatlerce üzerinde çalıştığı tartışmaları dinler, sonra iç geçirip önemi olmadığını, mesafeye ihtiyaç duyduğunu söylerdi, nokta. Kız her seferinde onu düzmesine izin verirdi, bir şekilde kalmasını sağlar diye herhalde, fakat biri gitmeyi kafasına koymuşsa hiçbir oyun onu gitmekten caydıramaz. Düzüşmelerini dinler ve içimden şu veda düzüşmelerinden daha kötüsü olamaz, diye geçirirdim. Biliyorum. Loretta ile çok yaşamıştım. Tek fark hiçbir zaman onlar gibi konuşmamamızdı. Yaşadıklarımıza dair. Birlikte iyi olduğumuzda bile. Yatağa uzanıp dışarıdaki dünyayı dinlerdik, çocukların haykırışlarını, araba seslerini, güvercinleri. O zaman ne düşündüğüne dair hiçbir fikrim yoktu, fakat şimdi bütün o boş düşünce balonlarına ne yazacağımı biliyorum. Kaç. Kaç.

Bu ikisinin banyo takıntısı vardı. Adamın her ziyareti banyoda bitiyordu. Bana göre hava hoştu çünkü onları en iyi orada duyabiliyordum. Kızın hayatını neden izlemeye başladım bilmiyorum fakat bundan zevk alıyordum. İnsanlar genellikle, en kötü hallerinde bile, beni feci sıkarlar. O sıralar başka bir meşguliyetim olmadığı içindi belki. Özellikle kadınlarla. Mola almıştım, son Loretta yıkımımın geçmesini bekliyordum.

Banyo. Kız soluk almadan gününün nasıl geçtiğini anlatıyordu; C treninde iki kişi tekme tokat kavga etmişlerdi, biri kolyesini çok beğenmişti, falan filan. Erkek Arkadaş, sakin Barry White* sesiyle, Evet, deyip duruyordu. Evet, Evet. Birlikte duş yapıyorlardı ve kız konuşmadığı zaman adamı emiyordu. Küvetin dibine çarpan su sesinden ve adamın evetlerinden başka bir şey duyulmuyordu. Evet. Orada kalmıyordu ama. Bu aşikârdı. Herif, şu esmer tenli pürüzsüz ciltli, kadınların uğruna cinayet işleyecekleri tiplerden biriydi. Civardaki barlarda performansına tanık olduğum için beyaz kızlara düşkün olduğunu biliyordum. Kız onun küçük Rico Suave† numarasını bilmiyordu tabii ki. Bilseydi kahrolurdu. Eskiden bunların barrio kuralları

---

* Barry Eugene Carter, daha yaygın olarak bilindiği sahne ismiyle Barry White, Amerikalı şarkıcı, şarkı sözü yazarı, besteci ve müzisyen. *—yhn*

† Sözlük anlamları "zengin ve yumuşak" olan Rico Suave, Gerardo Meija'nın İspanyolca İngilizce olan popüler rap şarkısının adı. Şarkıda yumuşak ve mülayim konuşması olan, kadın düşkünü ve çapkın bir Latin anlatılıyor. *—yhn*

olduğunu düşünürdüm, Latinler ve siyahlar içeri, beyazlar dışarı – bizim gibi aşağılık kedilerin gidemeyeceği yerler. Fakat aşk insana öğretir. Kuralları iptal eder. Loretta'nın yeni sevgilisi İtalyandı, Wall Street'te çalışıyordu. Bana ondan söz ettiğinde henüz birlikteydik. Gezintiye çıkmıştık ve bana, Ondan hoşlanıyorum. Çok çalışkan biri, demişti.

Hiçbir kalp köselesi böyle bir şeyin acı vermesini engelleyemez.

Birlikte aldıkları son duştan sonra Erkek Arkadaş bir daha gelmedi. Telefon da etmedi. Kız en uzun zamandır konuşmadığı arkadaşlarını arıyordu. Ben kankalarımla takılarak idare etmiştim; birilerini arayıp yardım istemek zorunda kalmamıştım. Onlar için, Unut şu kızın hain kıçını, demek kolaydı. Senin ihtiyaç duyduğun kız o değil. Bak nasıl hafifledin, hem o kesin fingirdeğin tekiydi.

Kız arkadaş zamanını ağlayarak geçiriyordu, banyoda ya da televizyonun karşısında. Ben zamanımı dinleyerek ve bir iş bulmak için sağı solu arayarak geçiriyordum. Ya da sigara ve içki içerek. Haftada bir şişe rom ve iki altmışlık paket Presidente.

Bir gece cesaretimi topladım ve onu kahve içmek için davet etmeye karar verdim, ki hayli kurnazcaydı benim açımdan. Bir ay boyunca kimseyle insani teması olmamıştı, Japon restoranında çalışan ve benim her zaman selam verdiğim Kolombiyalı tip dışında. Bu yüzden reddetmeyeceğini düşündüm. Adını duyduğuma sevinmişti sanki. Kapıyı açtığında onu tertipli ve uyanık görünce şaşırdım. Birazdan yukarı geleceğini söyledi ve mutfak masasında karşıma oturduğunda makyajını yapmış, altın kolyesini takmıştı.

Senin dairen benimkinden çok daha fazla ışık alıyor, dedi.

Ki iyi bir açılıştı. Dairemdeki tek şey ışıktı.

Ona Andrés Jiménez çaldım –bilirsiniz, *Yo quiero qui mi Borinquén sea libre y soberana–** ve bir demlik dolusu kahve içtik.

---

*   Borinquén'ımın özgür ve bağımsız olmasını istiyorum. –*yhn*

89

El Pico, dedim ona. En iyisi. Konuşacak fazla bir şeyimiz yoktu. O depresif ve yorgundu, bense hayatımın en kötü gazını yaşıyordum. İki kez izin isteyip tuvalete gitmek zorunda kaldım. Bir saatte iki kez. Bunu hayli tuhaf bulmuş olmalıydı, fakat iki seferinde de tuvaletten çıktığımda onu kahve fincanına bakarken buldum, Ada'da falcıların yaptığı gibi. Sürekli ağlamak onu daha da güzelleştirmişti. Elem insanı güzelleştirir bazen. Benim için geçerli değil. Loretta beni terk edeli aylar olmuştu ve hâlâ bok gibi görünüyordum. Kız Arkadaş'ın evimde olması beni daha da sefil kılmıştı. Kız masadaki çatlağın arasına girmiş ot tohumunu alıp gülümsedi.

Kullanır mısın? diye sordum.

Sivilce yapıyor, dedi.

Beni de uyurgezer yapıyor.

Bal çözer. Eski bir Karayip tedavi yöntemidir. Uyurgezer bir tio'm vardı. Her gece bir çay kaşığı bal onu tedavi etti.

Vay canına, dedim.

O gece freestyle bir kaset koydu, Noël belki. Evin içinde hareket ettiğini duyabiliyordum. Dansçı olduğunu öğrenmek beni şaşırtmazdı.

Bal tedavisini hiç denemedim ve o da bir daha gelmedi. Ne zaman merdivende karşılaşsak selamlaşıyorduk fakat konuşmak için hiç yavaşlamıyor, hiç gülümsemiyor ya da cesaret verecek herhangi bir şey yapmıyordu. Bunu bir işaret saydım. Ay sonunda saçını kısacık kestirdi. Saç düzleştirmeye, bilimkurgu taraklara elveda.

Hoş olmuş, dedim ona. Ben tekel bayiinden dönüyordum, o bir kız arkadaşıyla dışarı çıkıyordu.

Ateşli bir görünüm vermiş.

Gülümsedi. Tam istediğim şeydi.

EDISON, NEW JERSEY

Gold Crown'u ilk teslim etmeye gittiğimizde evin ışıkları yanıyor ama kapıya gelen yok. Ben ön kapıyı yumrukluyorum, Wayne ise arka kapıyı, yumruklarımızdan pencerelerin zangırdadığını görebiliyorum. O anda içeride birinin olduğu ve bize güldüğü duygusuna kapılıyorum.

Bu herifin iyi bir mazereti vardır umarım, diyor Wayne, yeni ekilmiş gül çalılarının arasından geçerek. Tam bir saçmalık.

Bana mı söylüyorsun? diyorum fakat işi asıl ciddiye alan Wayne. Kapıyı birkaç kez daha yumrukluyor, yüzü titriyor. İki kez pencereye vuruyor, perdelerin arasından içeriyi görmeye çalışıyor. Ben daha felsefi yaklaşıyorum; yolun yan tarafına kazılmış çukura gidiyorum, yarıya kadar su dolu bir tahliye kanalı, ve oturuyorum. Sigara içiyor, anne ördekle üç yavrusunun çimli kıyıda yemlendikten sonra tek bir iple bağlıymış gibi akıntıyla sürüklenişlerini izliyorum. Harikulade, diyorum, fakat Wayne duymuyor. Zımba tabancasıyla kapıya vuruyor.

Wayne saat dokuzda beni satış mağazasından alıyor, güzergâhımızı önceden belirlemişim. Sipariş formu bana o gün muhatap olacağımız müşteriler hakkında bilmek istediğim her şeyi söylüyor. Biri yüz otuz santimlik bir oyun masası sipariş etmişse seni fazla uğraştırmayacağını bilirsin, fakat bahşiş vermeyeceklerini de bilirsin. Bunlar Spotswood, Sayreville ve Perth Amboy sevkiyatlarıdır. Bilardo masaları kuzeydeki varsıl banliyölere gider – Livingston, Ridgewood, Bedminster. Müşterilerimizi görmelisiniz. Doktorlar, diplomatlar, cerrahlar, üniversite dekanları, bir arabayla takas edebileceğin ince saat takmış, pantolon, ipek bluz ve rahat deri ayakkabı giymiş hanımefendiler. Çoğu dünkü *Washington Post* gazetesini ön kapıdan oyun odasına kadar sererek önceden hazırlık yaparlar. Onlara gazeteleri toplamasını söylerim. Carajo, ya kayarsak? Üç yüz kiloluk mermer taşının döşemeye ne yapacağını biliyor musunuz? Mülklerine zarar geleceği düşüncesi adımlarını hızlandırmalarına yeter. En iyi müşteriler irsaliyenin imzalanma aşamasına kadar bizi yalnız bırakanlardır. Arada sırada karton bardaklarda su verirler. Daha fazlasını verenler nadirdir, gerçi bir keresinde Ganalı bir dişçi bize çalışırken altılık paket *Heineken* vermişti.

Bazen, işin ortasındayken, müşterinin kedi maması ya da gazete satın almaya gitmesi gerekir. Eminim ki siz başınızın çaresine bakarsınız, der. Fakat asla o kadar emin olamaz. Elbette, derim. Bize gümüşlerin nerede olduğunu söyleyin yeter. Müşteri kahkaha atar, biz kahkaha atarız, sonra bir türlü gidemez, ön kapıda oyalanır, sahip oldukları her şeyi hatırlamaya çalışır. Bizi nerede bulacağını, kimin için çalıştığımızı bilmiyormuş gibi.

Gittiklerinde rahatsız edilme endişesi ortadan kalkar. Wayne çuhayı düzleştirirken artık yardıma ihtiyaç duymadığında, ben de matkabı bırakır, parmaklarımı kütletir ve ortalığı keşfe çıkarım. Mutfaktan kurabiye, banyo dolaplarından jilet alırım. Bu evlerin bazılarının yirmi otuz odası vardır. Geri dönerken tüm o yerleri doldurmaya ne kadar mangır gerekeceğini düşünürüm. Birkaç kez evde dolanırken yakalandığım oldu ama keşfedildiğinde suçlulukla yerinden sıçramadan, Selam, dediğinde insanların tuvaleti aradığınıza ne kadar kolay ikna olduklarına şaşarsınız.

İrsaliye imzalandıktan sonra bir karar vermem gerekir. Müşteri bize iyi davranmış ve bahşiş vermişse ödeştik sayıp giderim. Müşteri götün tekiyse, bize bağırmışsa ya da çocukları bize golf topu fırlatmışsa, tuvaletin nerede olduğunu sorarım. Wayne bunu daha önce görmemiş ayağına yatar; müşteri (ya da hizmetçisi) elektrikli süpürgeyle yerleri süpürürken alet çantasını kontrol eder. Affedersiniz, derim. Bana tuvaletin yerini göstermelerini beklerim (ki nerede olduğunu genellikle zaten bilirim) ve kapı kapanır kapanmaz cebime banyo köpüğü sabunu doldurur, tuvalete yumruk büyüklüğünde bir tomar tuvalet kâğıdı atarım. Sıçabilirsem sıçar, bokumu da onlara bırakırım.

Wayne ve ben genellikle birlikte çalışırız. O kamyoneti sürer ve parayı alır, ben hamallığı yapar ve götlerle ilgilenirim. Bu gece Lawrenceville'e gidiyoruz. Wayne benimle Charlene hakkında konuşmak istiyor, satış mağazasında çalışan kızlardan biri, şu kamış dudaklı olan. Aylardır içimden kadınlara dair konuşmak gelmiyor, kız arkadaşım beni terk ettiğinden beri.

Onu gerçekten düzmek istiyorum, diyor bana. Belki Madison'lardan birinin üzerinde.

Moruk, diyorum, ona yan bir bakış atarak, senin bir karın yok mu?

Susuyor. Yine de onu arzuluyorum, diyor, kendini savunurmuş gibi.

Ne işe yarayacak?

Onun ne alakası var şimdi?

Bu yıl Wayne karısını iki kez aldattı ve ben her şeyi dinledim, öncesini ve sonrasını. Son seferinde karısı az kalsın köpekleri salacaktı kıçına. Kadınların ikisi de bana değmez gibi gelmişti. Biri Charlene'den bile gençti. Wayne ruh hali değişken bir tip ve bu o gecelerden biri; sürücü koltuğunda kamburunu çıkarıp ona daha önce yapmamasını söylememe rağmen arabaların tamponlarına yapışıyor. Bir kazaya ya da dört saatlik bir

93

sessizliğe maruz kalmak istemediğim için karısının iyi bir kadın olduğunu unutmaya çalışıp Charlene'in ona herhangi bir sinyal verip vermediğini soruyorum. Kamyoneti yavaşlatıyor. Hem de ne sinyaller, diyor.

Sevkiyat olmayan günlerde patron bizi satış mağazasında çalıştırır, oyun kâğıdı, poker fişi, mangala takımı filan satarız. Wayne zamanını satıcı kızları keserek ve rafların tozlarını alarak geçirir. Yapılı, şapşal bir tip Wayne – kızlar onda ne bulurlar bilmiyorum. Evrenin gizemlerinden biri. Patron beni dükkânın ön tarafına koyar, bilardo masalarından uzağa. Müşterilerle konuşup ucuz modelleri satın almamalarını söyleyeceğimi bilir. Bristol'lardan uzak durun. Gerçek bir masa satın alabilinceye kadar bekleyin, filan derim. Ancak İspanyolcama ihtiyaç duyduğunda satışa yardım etmeme izin verir. Temizlik yapmakta ve kumar makinesi satmakta iyi olmadığım için ön kasanın arkasına oturup kamburumu çıkarır ve kasadan çalarım. Satışları kasaya girmem, geleni cebime atarım. Bunu Wayne'e söylemem. O parmaklarını sakalında gezdirmek ve kıvırcık saçındaki dalgaları korumaya çalışmakla meşguldür. Benim için göz açıp kapayıncaya kadar yüz dolar kaldırmak işten bile değildir. Eskiden, kız arkadaşım beni dükkândan aldığında, ona her istediğini satın alırdım; elbiseler, gümüş yüzükler, iç çamaşırı. Bazen bütün parayı ona harcardım. Çalıyor olmamdan hoşnut değildi ama ben dükkâna girip, Jeva, hoşuna giden her şeyi alabilirsin, hepsi senin, demeye bayılırdım. Kendimi zengin hissetmeye en çok bu kadar yaklaştım.

Şimdilerde eve otobüsle dönüyorum ve çaldığım para bana kalıyor. Friendly's'te bulaşık yıkayan yüz elli kiloluk bir rock-and-roll pilicinin yanında oturuyorum. Bana fıskiye başıyla öldürdüğü karafatmaları, kanatlarının nasıl haşlanıp döküldüklerini anlatıyor. Haftada bir loto oynuyorum. On on beş kolonu kendim dolduruyorum, sekiz on kolonu da sisteme bırakıyorum. Daha küçük oynayarak zaman harcamam.

***

Gold Crown'u ikinci kez götürdüğümüzde kapının yanındaki ağır perde bir İspanyol yelpazesi gibi açılıyor. Bir kadın bana bakıyor. Wayne kapıyı çalmakla meşgul olduğu için kızı görmüyor. *Muneca*, diyorum. Kadın siyah ve gülümsüyor. Sonra perde kapanıyor ve camda bir fısıltı duyuyorum. Kadının üzerinde *Sorun Yok* yazan bir tişört vardı ve evin sahibiymiş izlenimi uyandırmıyordu. Daha çok yardımcıya benziyordu ve en fazla yirmi yaşındaydı. Yüzünün zayıflığına bakarak gerisinin de zayıf olduğu sonucuna vardım. En fazla bir saniye bakışmıştık, kulaklarının biçimini ya da dudaklarının çatlak olup olmadığını fark etmeme yetmeyecek kadar kısa bir süre. Daha kısa sürede bile âşık olmuşluğum var.

Daha sonra, kamyonette, satış mağazasına dönerken, Wayne, Bu herif ölmüş. Harbiden, dedi.

Kız arkadaş bazen arar ama sık değil. Kendine yeni bir erkek arkadaş edindi, plak dükkânında çalışan *zangano*'nun teki. Adı *Dan*, ve eski kız arkadaşın onun adını telaffuz edişi o kadar *gringo* ki gözlerimin kenarının kısılmasına neden oluyor. O herifin işten birlikte eve geldiklerinde üzerinden yırtarak çıkardığına emin olduğum giysileri —boğazlı kazaklar, Warehouse'tan naylon etekler, iç çamaşırları— ben çalıntı parayla satın aldım ve o parayı sırtıma yüzlerce kilo ağırlığında mermer taşı yükleyerek alın terimle kazanmadığıma seviniyorum. En azından buna seviniyorum.

Onu son kez Hoboken'da gördüm. *Dan* ile birlikteydi ve bana henüz ondan söz etmemişti. Benden ve kankalarımdan kaçmak için yüksek topuklu sabolarıyla hızla karşı kaldırıma geçti, fakat kankalarım yine de benim bir anda her şeyi yumruklayabilecek bir orospu çocuğuna dönüştüğümü fark ettiler. Kız arkadaş bir elini havada salladı fakat durmadı. Zangano hayatına girmeden bir ay önce evine gitmiştim, arkadaş ziyareti. Annesiyle babası

95

bana işlerin nasıl gittiğini sormuşlardı, muhasebeyi ben tutuyormuşum gibi. İşler çok iyi, dedim.

Bunu duyduğuma sevindim, dedi babası.

Eminim.

Benden bahçesini biçmesine yardım etmemi istedi. Çimleri biçerken bana iş teklif etti. Zamanla geliştirilebilecek bir iş. Tesisatçılık, dedi, utanılacak bir şey değil.

Daha sonra annesiyle babası Giants'ın yenilişini seyretmek için televizyonun karşısına geçtiler ve hatun beni kendi banyosuna soktu. Makyaj yaptı çünkü sinemaya gidecektik. Senin kirpiklerin bende olsaydı çoktan ünlenmiştim, dedi bana. Giants fark yiyordu. Seni hâlâ seviyorum, dedi. İkimizin adına utandım, şu evlilik programlarında çiftler ve mutsuz aileler içlerini döktüklerinde onların adına utandığım gibi.

Arkadaşız biz, dedim. Evet, dedi, öyleyiz.

Banyo yeterince geniş değildi, bu yüzden topuklarımı küvetin kenarına koymak zorunda kaldım. Ona hediye ettiğim haç gümüş zincirinden sallanıyordu, gözüme batmasın diye tutup ağzıma soktum. Bitirdiğimizde bacaklarıma inen kan kesilmişti, bileklerimin üstüne inmiş şortumun içinde süpürge sapı vardı ve boynumda hissettiğim soluğu giderek zayıflarken, Seviyorum seni, hâlâ seviyorum, dedi.

Her maaş çekimi aldığımda hesap makinesini önüme koyup dürüstçe kazandığım parayla kendime bir bilardo masası satın almamın ne kadar zaman alacağını hesaplıyorum. Birinci kalite üç parçalı bir masa ucuza gelmez. Ayrıca isteka, top, tebeşir, skor tabelası, üçgen ve havalı bir oyuncuysan Fransız isteka ucu satın alman gerek. İç çamaşırı almaktan vazgeçip sadece makarnayla beslenirsem iki buçuk yıl, ama bu bile palavra. Ben para tutamam, asla.

Çoğu insan bilardo masasının ne kadar karmaşık olduğunu bilmez. Evet, masaların somunları ve bantlarda zımbaları filan vardır, fakat bu masalar yerçekimi ve yapımlarındaki hassasiyet sayesinde ayakta dururlar. Kaliteli bir masaya iyi bakarsan senden fazla dayanır. İnanın bana. Katedraller böyle inşa edilmiştir. Andes'te iki kaldırım taşının arasına bıçak sokamayacağın İnka yolları var. Romalıların Bath'de inşa ettikleri kanalizasyonlar o kadar iyiydi ki 1950 yılına kadar yerine yenisi yapılmadı. Bunlar benim inanabileceğim türde şeyler.

Artık bir masayı gözlerim kapalı kurabilirim. Bazen, işlerin yoğunluğuna bağlı olarak, bir masayı tek başıma kurar, Wayne'in mermer taşı yerleştirme aşamasına gelinceye kadar seyretmesine izin veririm. Müşterinin gözümüzün önünden çekilmesinin yararı olur. Masa kurulduktan sonra verdikleri tepki, parmaklarını verniklenmiş ahşabın üzerinde gezdirme biçimleri, soluklarını tutuşları, istesen bile çekemeyeceğin kadar gergin çuha. Çok güzel, derler ve her seferinde parmaklarımızda pudrayla başımızı sallarız.

97

Patron, Gold Crown yüzünden bize söylemediğini bırakmadı. Müşteri, Pruitt adında bir göt, arayıp burnundan soluyarak bizim *ihmalci* olduğumuzu söylemiş. Patron böyle dedi. *İhmalci.* Bunun müşterinin yakıştırması olduğunu biliyorduk çünkü patron böyle sözcükler kullanmaz. Bak patron, dedim, kapıyı deli gibi çaldık. Feldmareşal gibi çaldık. Paul Bunyan gibi. Patron inanmadı. Sikikler, dedi. Göt kafalılar, dedi. İki dakika boyunca sövdükten sonra, *Yıkılın karşımdan,* dedi. O gece, artık bir işim olmadığını düşünerek barlara dadandım, kankalarımla kafamız bir tonken şu siyah kadınla birlikte gördüğüm cabron'la karşılaşmayı umuyordum. Fakat ertesi sabah Wayne aynı Gold Crown için bana geldi. İkimiz de akşamdan kalmaydık. Bir kez daha deneyelim, dedi. Kapıyı on dakika kadar çaldık fakat yanıt alamadık. Pencereleri ve arka kapıyı kurcaladım. Kızın avlu kapısının arkasında durduğunu duyduğuma yemin edebilirdim. Kapıyı deli gibi yumrukladığımda ayak sesleri duydum.

Patronu arayıp durumu izah ettik. Patron evi aradı fakat telefonu kimse açmadı. Pekâlâ, dedi patron. Şu oyun masalarını halledin. O gece, ertesi günün irsaliyelerini hazırlarken, Pruitt aradı ve bu kez ihmalci sözcüğünü kullanmadı. Gece geç saatte gelmemizi istedi fakat doluyduk. Patron ona insanların masa için iki ay beklediklerini hatırlattı. Wayne'e baktım ve adamın patronun kulağına kaç para vadettiğini merak ettim. Pruitt *pişman* ve *kararlı* olduğunu söyledi ve bir kez daha gelmemizi istedi. Hizmetçinin bu kez bizi içeri alacağını garanti ediyordu.

Pruitt, ne biçim ad lan bu? diye soruyor Wayne park yerine girerken.

Pato adı, diyorum. Anglo'dur ya da o taraflardan geliyordur kesin.

Banker filandır muhtemelen. İlk adı ne?

Sadece ilk harfi var, C. Clarence Pruitt bana doğru geliyor.

Evet, Clarence, diyor Wayne tiksintiyle.

Pruitt. Müşterilerin çoğunun buna benzer adları var, mahkeme adları; Wooley, Maynard, Gass, Binder. Fakat benim yöremdeki insanların adlarına, bizim adlarımıza, sadece sabıka kayıtlarında ya da boks kartlarında rastlarsın.

Acele etmiyoruz. Rio Lokantası'na gidiyor ve bir saat takılıp cebimizdeki bütün parayı harcıyoruz. Wayne yine Charlene'den bahsediyor ve ben başımı kalın pencere camına yaslıyorum.

Pruitt'in evinin bulunduğu mahalle yakın zamanda yenilenmiş, ve bitmiş tek ev onunki. Ortalık çakıldan geçilmiyor, tehlikeli. Diğer evlerin içlerini görebiliyorsun; her şey yeni, taze kerestelerdeki çivilerin başları parlak ve sivri. Kablolar ve taze sıva buruşuk mavi brandayla örtülmüş. Park girişleri çamurlu. Bütün bahçelere devasa çim çuvalları istiflenmiş. Pruitt'in evinin önüne park edip kapıyı çalıyoruz. Garajda araba görmeyince Wayne'e sert bir bakış atıyorum.

Evet? diyor içeriden bir ses.

Sevkiyat için geldik, diye bağırıyorum.

Kapının sürgüsü açılıyor, kilit dönüyor ve kapı aralanıyor. Kadın yolumuzda duruyor. Üzerinde siyah şort, dudaklarında kırmızı ruj var. Beni ter basıyor.

Girin, evet? Geri çekilip kapıyı sonuna kadar açıyor.

İspanyola benziyor, diyor Wayne.

Hadi be, diyorum. Dönüp, Beni hatırlıyor musun? diye soruyorum.

Hayır, diyor kadın.

Wayne'e bakıyorum. Buna inanabiliyor musun?

Ben her şeye inanabilirim, koçum.

Bizi duydun, değil mi? Geçen gün, sen değil miydin?

Omuz silkip kapıyı biraz daha açıyor.

Kapının önüne bir iskemle koymasını söyle, diyor Wayne, kamyonete doğru giderek.

Kapıyı açık tut, diyorum.

Daha önce pek çok kez sevkiyat sorunları yaşamışlığımız var. Kamyonet bozulur. Müşteriler taşınır ve boş bir evle karşılaşırız. Zımba tabancası çalışmaz. Mermer taşı yere düşer, bantlardan biri eksiktir. Çuhanın rengi yanlıştır. Eskiden, kız arkadaşımla bunu bir oyuna çevirirdik. Tahmin oyunu. Sabahları yatağımda dönüp, Bugün nasıl olacak acaba? derdim.

Dur, kontrol edeyim, derdi. Parmağını alnına, saç çizgisinin başladığı noktaya koyar ve bu memelerinin ve saçlarının kalkmasına neden olurdu. Asla üstümüzü örtmezdik, sonbahar ya da yaz fark etmezdi, bedenlerimiz yıl boyunca esmer ve inceydi.

Puşt bir müşteri görüyorum, diye mırıldanırdı. Dayanılmaz bir trafik görüyorum. Wayne yavaş çalışacak. Ve sen bana döneceksin.

Zengin olacak mıyım?

Bana döneceksin. Gerisini göremiyorum.

Bu oyun, sabahlarımızın bir parçasıydı; duşlarımız, seksimiz ve kahvaltımız gibi. İlişkimiz kötüye gitmeye başladığında, uyandığımda onu uyandırmadan dışarıdan gelen trafiğin sesini dinlemeye başladığımda, her şey kavgaya dönüşmeye başladığında, oyunu bıraktık.

Biz çalışırken kadın mutfakta kalıyor. Bir şarkı mırıldandığını duyabiliyorum. Wayne elini parmak uçlarını yakmış gibi sallıyor. Evet, kadın afet. Mutfağa girdiğimde sırtı bana dönük, ellerini su dolu lavaboya daldırmış.

Yatıştırıcı bir ses tonuyla, Kentli misin? diye soruyorum.

Başını sallıyor.

Neresinden?

Washington Heights.

Dominik mahallesi, diyorum. Quisqueyana.* Başını yukarı aşağı sallıyor. Hangi sokak?

Adresi bilmiyorum, diyor. Bir yerde yazılı. Annemle erkek kardeşlerim orada yaşıyorlar.

Ben de Dominikliyim, diyorum.

Benzemiyorsun.

Kendime bir bardak su koyuyorum. İkimiz de çamurlu bahçeye bakıyoruz.

Kapıyı açmadım çünkü onu kızdırmak istedim, diyor.

Kimi kızdırmak istedin?

Buradan gitmek istiyorum, diyor.

Buradan gitmek mi istiyorsun?

Sana yol parasını öderim.

Sanmıyorum, diyorum.

Sen Nueva Yorklu değil misin?

Hayır.

Taino dilinde Haiti Adası için kullanılan karşılıklardan biri olup "tüm toprakların annesi" anlamına geldiğine inanılır. Ayrıca, Quisqueya ismi Dominik Cumhuriyeti'nde San Pedro de Macoris bölgesindeki bir belediye ismidir. —*yhn*

Öyleyse bana neden adresimi sordun?

Neden mi? Ailem oraya yakın bir yerde yaşıyor.

Çok mu sorun olur?

İngilizce onu patronunun götürmesi gerektiğini söylüyorum, fakat bana boş boş bakıyor. İspanyolcaya dönüyorum.

Pendejo'nun teki, diyor, aniden öfkelenerek. Bardağı yıkamak için yanına gidiyorum. Benimle aynı boyda ve sıvı deterjan kokuyor. Boynunda küçük harikulade benleri var, giysilerine kadar inen bir takımada.

Ver, diyor elini uzatarak, fakat bardağı yıkamayı bitirip salona geçiyorum.

Bizden ne yapmamızı istiyor, tahmin et, diyorum Wayne'e.

Odası üst katta, bir yatak, bir dolap, bir şifonyer, sarı duvar kâğıdı. Yere İspanyolca *Cosmo* ve *El Diario* dergileri fırlatılmış. Dolapta dört askılık giysi var. Sadece üst çekmece dolu. Elimi yatağın üzerine koyuyorum. Pamuk çarşaflar serin.

Pruitt'in odasında kendi fotoğrafları var. Bronz ve muhtemelen benim başkentlerini bile bilmediğim ülkelerde bulunmuş bir tip. Tatilde çekilmiş fotoğraflar, kumsalda, kendisinin tuttuğu geniş ağızlı bir Pasifik somonunun yanında. Kafatasının büyüklüğü Broca'yı* bile gururlandırırdı. Yatağı yapılmış, kıyafetleri iskemlelere taşmış, karşı duvarın kenarına ayakkabıları dizilmiş. Bekâr bir adam. Şifonyerin çekmecesinde boxer şortların altında bir kutu prezervatif buluyorum. Kutudan bir tane alıp cebime koyuyor, diğerlerini şiltenin altına sokuyorum.

Onu odasında buluyorum. Giyinmeyi seviyor, diyor.

Parayla birlikte gelen bir alışkanlık, diyorum, fakat İspanyolcaya doğru çeviremiyorum ve ona katıldığımı söylüyorum. Eşyalarını toplayacak mısın?

101

---

* Beynimizde bulunan konuşma merkezini (Broca alanı olarak da bilinir) keşfeden Pierre Paul Broca'dan bahsediyor. *—yhn*

Çantasını havaya kaldırıyor. İhtiyacım olan her şey burada. Gerisi ona kalabilir.

Eşyalarını almalısın.

Bu *vaina*'lar umurumda değil. Tek istediğim gitmek.

Aptal olma, diyorum. Şifonyerini açıp üstteki şortları çekiyorum. Altından bir avuç yumuşak parlak külot fırlayıp kot pantolonumdan aşağı yuvarlanıyorlar. Çekmecede daha var. Külotları yakalamaya çalışıyorum fakat kumaşa dokunur dokunmaz her şeyi elimden bırakıyorum.

Bırak, sen git, diyor. Külotları çekmeceye geri koymaya başlıyor, sırtı bana dönük, elleri mahir ve rahat.

Dinle, diyorum.

Tasalanma. Başını kaldırmıyor.

Aşağı iniyorum. Wayne matkapla somunları takıyor. Yapamayız, diyor.

Neden?

Oğlum. Bu işi bitirmek zorundayız.

Çabucak döneceğim. Bırakacağım ve geleceğim.

Oğlum. Yavaşça kalkıyor; neredeyse benim iki katım.

Pencereye gidip dışarı bakıyorum. Park yerinin yanında bir dizi yeni Ginkgo ağacı var. Bin yıl önce, üniversitedeyken, onlara dair bir şey öğrenmiştim. Yaşayan fosiller. Milyonlarca yıl önce başladıklarından beri hiç değişmemişler. Charlene'i becerdin, değil mi?

Hem de nasıl, diye cevap veriyor rahatça.

Alet kutusundan kamyonetin anahtarlarını alıyorum. Hemen döneceğim, söz veriyorum.

Annemin evinde hâlâ eski kız arkadaşımın fotoğrafları duruyor. Kız Arkadaş hiçbir zaman kötü görünmeyen tiplerden. İkimizin ona bilardo oynamayı öğrettiğim barda çekilmiş bir fotoğrafımız var. Onun için çaldığım bin dolar değerindeki

Schmelke istekaya yaslanmış, kaşlarını çatmış ona bıraktığım topa bakıyor, atışı kaçıracak ama.

Florida'da çekilmiş fotoğrafımız en büyüğü – parlak, çerçevelenmiş, neredeyse yarım metre yüksekliğinde. Üzerimizde mayolarımız var ve sağ tarafta bir yabancının bacağı görünüyor. Kıçını kuma oturtmuş, fotoğrafı anneme göndereceğimi bildiği için dizlerini yukarı çekmiş; annemin bikinisini görmesini, onun fahişenin teki olduğunu düşünmesini istemiyordu. Ben yanına çömelmişim, gülümsüyorum, elim onun ince omzunda, parmaklarımın arasından benlerinden biri görünüyor.

Annem benim yanımda fotoğraflara bakmaz, ondan konuşmaz ama kız kardeşim bana ayrıldığımız için ağladığını söyledi. Annem benim yanımda kibardır, ben ona okuduğum kitaplardan ya da işten söz ederken sessizce kanepede oturur. Hayatında biri var mı? diye sorar bazen.

Evet, derim.

Bazen yanımda kız kardeşimle konuşur ve ona, Düşlerimde hâlâ beraberler, der.

Tek kelime etmeden Washington Köprüsü'ne varıyoruz. Kadın, adamın mutfak dolaplarını ve buzdolabını boşaltmış; poşetler ayağının dibinde. Mısır gevreği yiyor ama ben ona katılamayacak kadar gerginim.

En iyi yol bu mu? diye soruyor. Köprü onu pek etkilememiş sanki.

En kısa yol.

Mısır gevreği poşetini kapatıyor. Geçen sene geldiğimde o da aynı şeyi söylemişti. Ben etrafı görmek istemiştim. Zaten sağanak yağmur yağıyordu, hiçbir şey görmek mümkün değildi.

Ona patronunu sevip sevmediğini sormak istiyorum, fakat onun yerine, Amerika'yı nasıl buldun? diye soruyorum.

103

Başını reklam panolarına doğru sallıyor. Bunlar beni etkilemiyor, diyor.

Köprü trafiği yoğun. Gişeye vardığımızda bana yağlı bir beşlik uzatıyor. Başkentten misin? diye soruyorum.

Hayır.

Ben başkentte doğdum. Villa Juana. Buraya küçük bir çocukken geldim.

Başını yukarı aşağı trafiği seyrediyor. Köprüden geçerken elimi kucağına koyuyorum. Orada bırakıyorum, avucum yukarı bakıyor, parmaklarım hafiften kıvrık. Bazen denemen gerekir, bir şey çıkmayacağını bilsen bile. Başını yavaşça öteki tarafa çeviriyor, Manhattan ve Hudson'a doğru.

Washington Heights'ta her şey Dominik'e aittir. Bir Quisqueya fırınının ya da Quisqueya süpermarketin ya da Quisqueya otelinin önünden geçmeden bir blok bile gidemezsin. Kamyoneti park edip dışarı çıksam kimse sevkiyat işinde çalıştığımı anlamaz; köşede Dominik bayrakları satan biri de olabilirim. Evime gidiyor olabilirim, sevgilimin yanına. Herkes sokaklarda. Pencerelerden merengue sesleri geliyor. Oturduğu bloka geldiğimizde çocuğun tekine binayı soruyorum, serçeparmağıyla işaret ediyor. Kız kamyonetten iniyor. Çocuğun işaret ettiği yere doğru yürümeden önce eşofman üstünü düzeltiyor. *Cuidate*, diyorum.

Wayne patronu ikna ediyor ve bir hafta sonra işe dönüyorum, denetimli serbestlik, atölyeyi boyuyorum. Wayne bana yoldan satın aldığı köfteli sandviçlerden getiriyor, ekmeğe azıcık peynir sürülmüş ince köfteler.

Değer miydi? diye soruyor.

Beni yakından izliyor. Değmezdi, diyorum.

Biraz iş tutabildin mi bari?

Hem de nasıl, diyorum.

Emin misin?

Böyle bir konuda neden yalan söyleyeyim? Kız vahşiydi. Diş izleri hâlâ duruyor.

Vay canına, diyor.

Koluna bir yumruk atıyorum. Charlene ile nasıl gidiyor?

Bilmiyorum, moruk. Başını iki yana sallıyor ve o anda onu bütün aletleriyle bahçesinde görüyorum. Bununla ne olacak bilmiyorum.

Bir hafta sonra yoldayız yine. Buckingham'lar, Imperial'lar, Gold Crown'lar ve bir düzine oyun masası. Pruitt'in irsaliyesinin bir kopyasını saklıyorum. Sonunda merakıma yenik düşüp onu arıyorum. İlk seferinde telesekreterle karşılaşıyorum. Long Island'da inanılmaz bir Sound manzarasına sahip bir eve sevkiyat yapıyoruz. Wayne ile kumsalda ot içiyoruz ve ölü atnalı yengecini kuyruğundan tutup kaldırdığım gibi müşterinin garajına fırlatıyorum. Bedminster bölgesine yaptığımız sonraki iki sevkiyatta telefonu Pruitt açıyor ve Alo? diyor. Dördüncü seferde o açıyor. Lavabo musluğunun açık olduğunu duyuyorum. Ben bir şey demeyince telefonu kapatıyor.

Orada mı? diye soruyor Wayne kamyonette.

Orada tabii ki.

Başparmağını ön dişlerinin üzerinde gezdiriyor. Tahmin etmek pek güç değil. O herife âşık muhtemelen. Nasıldır bilirsin.

Bilmez miyim.

Kızma.

Yorgunum sadece.

Yorgun olmak en iyisi, diyor. Öyle gerçekten.

Bana haritayı uzatıyor ve parmaklarım güzergâhın üzerinde geziniyor, bir kenti ötekine bağlayarak. Her şey yanımızda sanıyorum, diyorum.

Nihayet. Esniyor. Yarın ilk nereye gidiyoruz?

Sabahleyin irsaliyeleri sıraya koyuncaya kadar bunu bilmemize olanak yok, fakat yine de bir tahminde bulunuyorum. Oynadığımız oyunlardan biri. Zamanımızı geçirmemizi sağlıyor,

105

ileriye dönük bir beklenti. Gözlerimi kapatıp haritayı kucağıma koyuyorum. Seçilecek ne çok kasaba, ne çok kent var. Bazı yerler banko, fakat sürpriz seçimler yapıp haklı çıkmışlığım da var.

Ne kadar çok haklı çıktığımı tahmin edemezsiniz.

Genellikle kasabanın ya da kentin adı bana bir anda gelir, loto çekilişinde topların belirmesi gibi, fakat bu kez aklıma hiçbir şey gelmiyor; sihir yok, hiçbir şey yok. Herhangi bir yer olabilir. Gözlerimi açtığımda Wayne'in beklemeye devam ettiğini görüyorum. Edison, diyorum, başparmağımı haritaya bastırarak. Edison, New Jersey.

ESMER, SİYAH, BEYAZ YA DA
MELEZ BİR KIZ NASIL TAVLANIR

Abin ile annenin evden çıkmasını bekle. Onlara taşaklarını sıkmayı seven tia'nı (çok büyümüşler, diyecektir) ziyaret etmek için Union City'ye gidemeyecek kadar hasta olduğunu söyledin bile. Annen hasta olmadığını biliyor, sen yine de geri adım atma. Sonunda pes edip, İyi, kal o zaman, malcriado, diyecektir.

Buzdolabından hükümetin dağıttığı peyniri kaldır. Kız Terrace'lıysa peynir kutularını sütün arkasına gizle. Kız Park ya da Society Hill'liyse peyniri fırının üzerindeki dolaba kaldır, göremeyeceği yüksekliğe. Kendine sabah olmadan peyniri yerine koymayı hatırlat yoksa annenden fena sopa yersin. Akrabalarının campo'da çekilmiş utanç verici fotoğraflarını kaldır, özellikle boynuna ip bağlanmış bir keçiyi çeken yarı çıplak çocukların fotoğrafını. Çocuklar kuzenlerindir ve artık yaptığını neden yaptığını anlayacak yaşa gelmişlerdir. Afro saçlı fotoğrafını kaldır. Banyonun tertipli olduğundan emin ol. Boklu tuvalet kâğıtlarının bulunduğu kutuyu lavabonun altındaki dolaba koy. Kutuya Lysol sık, sonra dolabı kapat.

Duş yap, saçını tara, giyin. Kanepeye oturup televizyon seyret. Kız mahalleli değilse onu babası getirecektir, belki de annesi. İkisi de kızlarının Terrace'lı bir çocukla görüşmesini arzulamazlar –Terrace'ta insanlar bıçaklanır– fakat kız inatçıdır ve bu kez onun dediği olacaktır. Kız beyazsa en azından eline vereceğini bilirsin.

Adres talimatını en okunaklı el yazınla yazdın, babası ya da annesi geri zekâlının teki olduğunu düşünmesinler diye. Kanepeden kalk ve otoparkı kontrol et. Yok bir şey. Kız mahalleliyse, dert etme. Kendini hazır hissettiğinde süzülerek gelecektir. Bazen arkadaşlarına rastlayacaktır ve hep birlikte geleceklerdir. Bu, üçün birini alacağın anlamına gelse bile iyi vakit geçireceksin ve daha sık gelmelerini arzulayacaksın. Bazen kız hiç gelmeyecek ve ertesi gün okulda özür dileyip gülümseyecektir. Sen de ona inanma aptallığını gösterip bir kez daha çıkma teklifinde bulunacaksın.

Bekle ve bir saat kadar sonra köşene git. Mahallede trafik yoğundur. Kankalarından birine seslen ve sana, Hâlâ o kancığı mı bekliyorsun? diye sorduğunda, Evet, lanet olsun, de.

Eve dön. Kızın evini ara ve telefonu babası açtığında ona kızının orada olup olmadığını sor. Sen kimsin? diye soracaktır. Kapat. Adamın sesi okul müdürünü ya da hiçbir zaman arkasını kollama ihtiyacı hissetmeyen kalın enseli bir polisi andırmaktadır. Otur ve bekle. Miden iflas etmek üzereyken otoparka bir Honda ya da belki bir cip girer ve kız iner.

Selam, dersin.

Bak, der. Annem seni tanımak istiyor. Boşu boşuna kaygılanıyor.

Panikleme. Ah, sorun yok, de. Elini beyaz çocukların yaptığı gibi saçlarının arasında gezdir, her ne kadar senin saçlarının arasında kolaylıkla gezinecek tek şey Afrika olsa da. Kız güzel görünmektedir. En çok arzuladığın beyaz kızlardır, öyle değil mi? Fakat dışarıdan gelenler genellikle esmerdir, bale dersleri alarak ve izci kız takımlarında büyümüş ve garajlarında üç araba bulunan esmer kızlardan. Melezse annesinin beyaz oluşuna şaşırma. Merhaba, de. Annesi de sana, Merhaba, diyecektir ve onu korkutmadığını göreceksin. Dönmek için daha kolay bir yol tarifine ihtiyacı olduğunu söyleyecektir. Kucağındaki tarif en iyisi olmasına rağmen ona yolu yeniden tarif et. Onu hoşnut et.

Seçimlerin var. Kız civardan geliyorsa onu akşam yemeği için el Cibao'ya götür. Her şeyi kırık İspanyolcanla sipariş et. Kız Latin ise seni düzeltmesine izin ver, siyahsa bırak hayranlık duysun. Yakınlardan gelmiyorsa Wendy's iş görür. Restorana girerken okuldan söz et. Civardan gelen bir kız mahalleye dair hikâyelere ilgi duymaz, fakat diğerleri duyabilir. Yıllarca bodrumunda biber gazı kutuları istifleyen delinin hikâyesini anlat, bir gün kutuların nasıl patladığını ve mahallenin nasıl askeri güçte bir doz gaza bulandığını. Annenin ne olduğunu hemen anladığını, kokuyu Amerika Birleşik Devletleri'nin adanızı işgal ettiği zamandan hatırladıklarını söyleme.

Baş düşmanın Howie'ye rastlamayacağını um, şu iki katil köpeği olan Porto Rikolu tip. Onları mahallenin her yerinde gezdirir. Köpekleri bazen bir kediyi köşeye kıstırıp paralarlar ve kedi havada boynu bir baykuş gibi arkaya kıvrılmış bir vaziyette döner ve yumuşak tüylerinin arasından çiğ et görünürken Howie kahkaha atar. Köpekleri bir kediyi köşeye sıkıştıramamışlarsa Howie arkandan yürüyüp sana, Hey Yunior, yeni yatak arkadaşın bu mu? diye soracaktır.

Bırak konuşsun. Howie doksan kilodur ve isterse seni yiyebilir. Oyun sahasına geldiğinde geri döner çünkü ayağındaki ayakkabılar yenidir ve çamurlansın istemez. Kız dışarıdansa arada sırada tıslayıp, Göt herif, diyecektir. Civardaki kızlardan biriyse ve çekingen değilse daha baştan ona çemkirip duracaktır zaten. Öyle ya da böyle, hiçbir şey yapmadığın için kendini kötü hissetme. Kızla ilk çıkışında sakın dayak yeme çünkü bu son çıkışın olur.

Yemek biraz gergin geçecektir. Tanımadığın insanlarla sohbet etmekte pek iyi değilsin. Kız melezse sana annesiyle babasının Eylem sırasında tanıştıklarını söyleyecek, O zamanlar bu hayli radikal bir şey olarak algılanırdı, diyecektir. Bu sende annesiyle babasının ona ezberlettiği bir şeymiş izlenimi uyandıracak. Abin bir keresinde senden böyle bir şey duymuş ve sana, Oğlum, bu bana Tom Amcacılık gibi geliyor. Bunu bir daha tekrarlama, demişti.

Hamburgerini tabağına bırak ve, ne kadar zordu kimbilir, de. Gösterdiğin ilgiden hoşnut kalacaktır. Anlatmaya devam edecektir. Siyahlar, diyecektir, bana çok kötü davranırlar. Onları bu yüzden sevmiyorum. Dominikliler için ne düşündüğünü merak edebilirsin. Sorma. Bırak konuşsun. İkiniz de yemeğinizi bitirdiğinizde mahalleye geri yürüyün. Gökyüzü muhteşem olacaktır. Hava kirliliği Jersey'nin günbatımlarını dünyanın harikalarından birine çevirmiştir. Buna işaret et. Omzuna dokunup, Çok güzel, değil mi? de.

Ağırbaşlı ol. Televizyon seyret fakat tetikte ol. Babanın dolapta bıraktığı ve kimsenin dokunmadığı Bermúdez'den bir yudum al. Civar mahallelerin kızlarının kalçaları daha geniş, kıçları daha büyük olabilir ama ellemene kolay kolay izin vermezler. Seninle aynı mahallede yaşamaya devam ederek ciddiyetinden emin olmak ister. Seninle iyi vakit geçirip evine gidebilir. Gitmeden önce seni öpebilir ya da daha pervasızsa teslim olabilir ama bu nadirdir. Öpüşmeyi yeterli görebilir. Kız beyazsa hemen oracıkta teslim olabilir. Onu engelleme. Sakızını ağzından çıkaracak, plastik kanepe kılıfına yapıştırıp sana sokulacaktır. Gözlerin çok güzel, diyebilir.

Ona saçını, tenini, dudaklarını çok sevdiğini söyle, çünkü, doğrusunu söylemek gerekirse, onları kendininkileri sevdiğinden daha çok seviyorsun.

İspanyol erkeklerini çok beğeniyorum, diyecektir. İspanya'ya hiç gitmemiş olmana rağmen, Ben de seni beğeniyorum, de. Mest olacaktır.

Saat sekiz buçuğa kadar takılacaksınız, sonra elini yüzünü

yıkamak isteyecektir. Banyoda kalçalarıyla lavabonun kenarında ritim tutarak radyoda duyduğu şarkıyı mırıldanacaktır. Onu almaya gelecek annesinin, kızının senin altına yattığını ve sekizinci sınıf İspanyolcasıyla telaffuz ettiği adını kulağına fısıldadığını öğrenecek olsa ne diyeceğini hayal etmeye çalış. O banyodayken kankalarından birini arayıp, *Lo hice loco,* de. Ya da kanepede arkana yaslanıp gülümse.

Fakat genellikle böyle olmayacaktır. Kendini hazırla. Seni öpmek istemeyecektir. Sakin ol, diyecektir. Kız melezse senden uzaklaşıp arkasına yaslanabilir. Kollarını kavuşturup, Memelerimden nefret ediyorum, diyebilir. Saçını okşamayı dene, fakat geri çekilecektir. Kimsenin saçımı ellemesinden haz etmem, diyecektir. Tanımadığın biri gibi davranacaktır. Okulda dikkat çekici kahkahasıyla ünlüdür, tiz ve martıyı çağrıştıran bir kahkaha, fakat orada seni kaygılandıracaktır. Ne diyeceğini bilemeyeceksin.

Sen bana çıkma teklif eden tek erkek tipisin, diyecektir. Komşuların kafayı iyice çekmiştir, birazdan sırtlan gibi çığırmaya başlarlar. Sen ve siyah çocuklar.

Bir şey deme. Bırak gömleğini iliklesin, bırak saçını tarasın, sesi aranızda bir alev tabakası gibi. Babası otoparka girip klakson çaldığında vedalaşma faslını fazla abartma, hoşuna gitmeyecektir. Bir saat kadar sonra telefon çalacaktır. Açmak isteyeceksin. Açma. İzlemek istediğin programları izle, seninle tartışacak aile fertleri olmaksızın. Aşağı inme. Uyuyakalma. Yararı olmaz. Annen seni öldürmeden hükümet peynirini yerine koy.

111

YÜZSÜZ

Sabahları maskesini takar ve yumruğunu avucuna sürter. Guanábana ağacına gidip barfiks çeker, neredeyse elliye yakın, sonra kahve çekirdeği ayıklama makinesini alıp kırk kere göğsüne çeker. Kolları, göğsü, boynu şişer, şakaklarının etrafındaki deri gerilir, çatlamak üzeredir. Fakat hayır! O yenilmezdir ve kahve çekirdeği ayıklama makinesini dolgun bir Evet ile bırakır. Gitmesi gerektiğini bilir fakat sabah sisi her yeri kaplamıştır. Bir süre horozların ötüşünü dinler. Sonra evdekilerin ayaklanmakta olduklarını duyar. Acele et, der kendine. Tio'sunun tarlasından koşarak geçer ve onun *conuco*'larında kaç kahve çekirdeği yetiştirdiğini bir bakışta bilir; kırmızı, siyah ve yeşil. Su hortumunu ve merayı koşarak geçtikten sonra UÇ der ve havaya sıçrar. Gölgesi ağaçların tepesini keser ve ailesine ait çiti, annesinin küçük kardeşini yıkadığını, yüzünü ve ayaklarını ovduğunu görür.

Dükkân sahipleri toz kalkmasını önlemek için yola su dökmektedirler; onların yanından süzülerek geçer. Yüzsüz! diye bağırır birkaçı, fakat onlara ayıracak zamanı yoktur. Önce barlara gidip yakınlarında yere düşürülmüş bozukluk var mı diye bakar. Ara sokaklarda bazen sarhoşlar uyuduğu için sessizce hareket eder.

Sidik çukurlarının ve kusmuğun üzerinden burnunu buruşturarak atlar. Uzun otların arasında bir şişe maden suyu ya da bir mısır çöreği satın almaya yetecek kadar bozukluk bulur. Bozuklukları yumruğunun içinde sıkarak maskesinin altından gülümser.

Günün en sıcak saatinde, Lou, onu çatısı ve elektrik tesisatı kötü kiliseye alıp sütlü kahve ikram eder, iki saat boyunca ona okuma yazma dersi verir. Kitaplar, kalem ve kâğıt yakındaki bir okuldan gelir, öğretmen tarafından bağışlanmıştır. Peder Lou'nun elleri küçük, gözleri zayıftır ve ameliyat olmak için iki kez Kanada'ya gitmiştir. Lou kuzeyde ihtiyaç duyacağı için ona İngilizce öğretir. Acıktım. Tuvalet nerede? Ben Dominik Cumhuriyeti'nden geliyorum. Korkma.

Dersten sonra kendine çiklet satın alıp kilisenin karşısındaki eve gider. Evin bir bahçe kapısı, portakal ağaçları ve kaldırım taşı döşeli bir patikası vardır. İçeride bir yerden televizyon sesi gelmektedir. Kızı bekler fakat kız dışarı çıkmaz. Genellikle pencereden bakıp onu görür. Eliyle televizyon işareti yapar. İkisi de elleriyle konuşurlar.

İzlemek istiyor musun?

Başını iki yana sallar, ellerini önüne koyar. Yabancı evlere asla girmez. *Hayır, dışarıda olmayı seviyorum.*

Ben içeride olmayı yeğliyorum çünkü içerisi serin.

Onun gibi dağlarda yaşayan temizlikçi kadın mutfaktan çıkıp, Buradan uzak dur. Hiç utanman yok mu? diye bağırıncaya kadar orada durur. Sonra bahçe kapısının parmaklıklarını tutup onları biraz ayırır, hırıldayarak, kadına kime sataştığını göstermek için.

Peder Lou her hafta bir çizgi roman satın almasına izin verir. Rahip onu kitapçıya götürür ve o rafları tararken dışarıda bekler.

Bugün, Kaliman çizgi romanı aldı. Kaliman kimseye boyun eğmez ve türban takar. Bir de yüzünü örtse mükemmel olurdu.

İnsanlardan uzak durur, köşelerden fırsat kollar. GÖRÜNMEZLİK gücüne sahiptir ve kimse ona dokunamaz. Barajlarda bekçilik yapan tio'su bile hiçbir şey demeden yanından geçip gider. Fakat köpekler kokusunu alırlar ve iki tanesi ayaklarına burunlarını sürter. Yerini düşmanlarına belli edecekleri için onları uzaklaştırır. Düşmesini isteyen o kadar çok insan vardır ki. Gitmesini isteyen o kadar çok insan vardır ki.

Bir *viejo*'nun el arabasını itmek için yardıma ihtiyacı vardır. Bir kedinin karşıya geçmek için yardıma ihtiyacı vardır.

Hey Yüzsüz! diye bağırır bir motosiklet sürücüsü. Kedi yemeye başlamadın, değil mi?

Yakında çocuk yiyecek, der bir başkası.

Kediyi rahat bırak, o sana ait değil.

Koşar. Günün geç bir saatidir ve dükkânlar kapanmak üzeredir. Her köşede bekleyen motosikletler bile arkalarında yağ lekeleri ve tekerlek izleri bırakarak gitmişlerdir.

Bir mısır çöreği daha satın alıp alamayacağını hesaplamaya çalışırken saldırı gerçekleşir. Dört çocuk ona çelme takarlar ve bozukluklar elinden çekirgeler gibi sıçrar. Tek kaşlı şişman çocuk göğsünün üzerine oturur ve soluğu kesilir. Diğerleri tepesine dikilirler. Korkuya kapılır.

Seni kıza çevireceğiz, der şişman olan. Şişman çocuğun sözlerinin etlerinin içinden yankılandığını duyar. Soluk almak ister fakat ciğerleri sıkışmıştır.

Daha önce hiç kız oldun mu?

Bahse girerim ki olmamıştır. Pek eğlenceli sayılmaz.

KUVVET! diye haykırır ve şişman çocuk üzerinden havalanır. Sokakta koşmaya başlar ve diğerleri peşine düşerler. Onu rahat bıraksanız iyi edersiniz, der güzellik salonunun sahibi, fakat kocası onu bir Haitili için terk ettiğinden beri kimse ona kulak asmıyordu. Kiliseye geri döner. İçeri girip saklanır. Çocuklar kilisenin kapısına taş atarlar, fakat o anda kilise görevlisi Eliseo elinde palayla, Çocuklar, cehenneme hazırlanın, diye haykırır ve koşarak kaldırıma çıkar. Dışarıda her şey sessizliğe gömülür. Sıralardan birinin altına oturup gece olmasını bekler, eve dönüp tütsü evinde uyuyabilmek için. Şortuna bulaşmış kanı ovuşturur, içine girmiş toprağı çıkarmak için dirseğindeki kesiğe tükürür.

İyi misin? diye sorar Peder Lou.

Enerjim tükenmek üzereydi.

Peder Lou oturur. Şortu ve guayabera'sıyla Kübalı bir dükkân sahibini andırmaktadır. Ellerini kavuşturur. Seni kuzeyde düşünüyorum. Karın içinde tahayyül etmeye çalışıyorum.

Kar beni rahatsız etmez.

Kar herkesi rahatsız eder.

Orada güreş severler mi?

Peder Lou güler. Neredeyse bizim kadar. Fakat kimsenin canı yanmaz, artık değil.

Sıranın altından çıkıp rahibe dirseğini gösterir. Rahip iç geçirir. Pekâlâ, Gidip şunun çaresine bakalım.

O kırmızı şeyden sürme ama.

O kırmızı şeyi kullanmıyoruz artık. Beyaz bir şey kullanıyoruz. Yakmıyor.

Gözümle görmeden inanmam.

Kimse ondan hiçbir zaman saklamadı. Olayı ona tekrar tekrar anlatıyorlar, unutuverir diye korkuyorlar sanki.

Bazı geceler gözlerini açar ve domuz geri gelmiştir. Her zaman devasa ve solgun. Toynaklarıyla göğsünü tırmalar ve domuzun soluğundaki çürük muz kokusunu alır. Domuz kör dişleriyle gözünün altından bir şerit soyar ve altından çıkan kas lezizdir, papaya gibi. Yüzünün bir yanını kurtarmak için başını çevirir; bazı düşlerde sağ yanını kurtarır, bazı düşlerde sol yanını, fakat en kötü düşlerinde başını çeviremez, domuzun ağzı derin bir çukur gibidir ve kaçış yoktur. Çığlık atarak uyanır ve boynundan aşağı kan süzülür; dilini ısırmıştır. Dili şişer ve kendine erkek olmasını söyleyinceye kadar tekrar uyuyamaz.

Peder Lou birinden bir Honda motosiklet ödünç alır ve ikisi sabahın erken saatinde yola çıkarlar. Dönemeçlerde yan yattığında Peder Lou, Bunu fazla yapma. Devriliriz sonra, der.

Bize hiçbir şey olmaz! diye bağırır.

Ocoa yolu boştur ve finca'lar kurudur. Çiftliklerin çoğu terk edilmiştir. Bir yamaçta tek bir siyah at görür. Çalıyı kemirmektedir ve sırtına bir *garza* tünemiştir.

Klinik kanayan insanlarla doludur fakat saçları ağartılmış hemşire onları ön girişten geçirir.

Bugün nasılsın? diye sorar doktor.

İyiyim, der. Beni ne zaman uzağa göndereceksiniz?

Doktor gülümser ve maskesini çıkardıktan sonra başparmağıyla yüzüne masaj yapar. Doktorun dişlerinde renksiz yiyecekler vardır. Yutkunurken zorlanıyor musun?

Hayır.

Soluk alırken?

Hayır.

Başının ağrıdığı oluyor mu? Boğazın acıyor mu? Başın dönüyor mu?

Hiçbir zaman.

Doktor gözlerini ve kulaklarını muayene eder, sonra soluğunu dinler. Her şey iyi görünüyor, Lou.

Bunu duyduğuma sevindim. Tahmini bir rakam verebilir misin?

Bir şekilde onu oraya göndereceğiz, der doktor.

Peder Lou gülümser ve elini omzuna koyar. Buna ne diyorsun?

Başını yukarı aşağı sallar fakat ne diyeceğini bilemez. Ameliyattan, hiçbir şeyin değişmeyeceğinden, Kanadalı doktorların annesinin kiraladığı ilahi rehberdeki bütün ruhları çağıran *santera*'lar gibi başarısız olacağından korkuyor. Bulundukları oda sıcak, loş ve tozludur. Terlemektedir ve onu hiç kimsenin görmeyeceği masanın altına girmeyi arzulamaktadır. Yan odada kafatasının plakaları tam olarak kapanmayan bir çocuk ve kolları olmayan bir kız ve yüzü devasa ve şiş ve gözlerinden irin damlayan bir bebek görür.

Benim beynimi görebilirsin, der çocuk. Sadece bir zarım var ve içinden beynimi görebilirsin.

Sabahleyin sancılı uyanır. Doktordan, kilisenin önündeki kavgadan. Dışarı çıktığında başı döner, guanábana ağacına tutunur. Küçük kardeşi Pesao uyanmış tavuklara çekirdek fiskeliyordur, küçük bedeni öne eğilmiş ve mükemmel. Dört yaşındaki çocuğun başını okşadığında iyileşip sarı kabuk bağlamış şişleri hisseder. Kabukları yolmak için büyük bir arzu duyar fakat bunu son kez yaptığında kan *fışkırmış* ve Pesao *çığlık* atmıştı.

Neredeydin? diye sorar Pesao.

Kötülükle savaşıyordum.

Bunu ben de yapmak istiyorum.

Hoşuna gitmeyecektir, der.

Pesao yüzüne bakar, kıkırdayıp tavuklara bir çakıl taşı daha atar, tavuklar hiddetli bir biçimde kaçışırlar.

117

Güneşin tarlaların üzerindeki sisi yakışını seyreder. Fasulyeler sıcağa rağmen dolgun, yeşil ve rüzgârda esnektirler. Evlerinin dışındaki kilerden dönerken annesi onu görür. Maskesini almaya gider.

Yorgun ve sancılıdır, yine de vadiye bakar. Toprağın kendini gizlemek için kıvrılış biçimi ona Lou'nun domino oynarken taşlarını gizleyişini hatırlatır. Git, baban dışarı çıkmadan, der annesi.

Babası dışarı çıktığında ne olacağını bilir. Maskesini takar ve kumaşta hareket eden pireleri hisseder. Annesi sırtını döndüğünde otların arasına girip gizlenir. Annesinin Pesao'nun başını yavaşça musluğun altına sokuşunu seyreder. Su nihayet borudan aktığında Pesao ona bir armağan verilmiş ya da dileği gerçekleşmiş gibi çığlık atar.

Kasabaya doğru koşmaya başlar, bir kez bile kaymadan ya da tökezlemeden. Kimse ondan hızlı koşamaz.

NEGOCIOS

Babam, Ramón de las Casas, Santo Domingo'yu dördüncü yaş günümden hemen önce terk etti. Papi gitmeyi aylar önceden planlamıştı. Arkadaşlarından ve borç para alabileceği herkesten borç almaya çalışmıştı. Sonunda büyük bir talih sonucunda vizesini aldı. Mami'nin onu Los Millonitos'ta bir kavgayı ayırırken tanıdığı şişman bir *puta*'yla aldattığını öğrendiği hesaba katılırsa bu adadaki son talihiydi. Annem onu aldattığını arkadaşlarının birinden öğrenmişti. Kadın hemşireydi ve puta'nın komşusuydu. Hemşire babamın nöbet sırasında kendi sokağında ne aradığını anlayamamıştı.

Mami'nin gümüş çatal bıçakları savruk yörüngelere fırlatmasıyla sonuçlanan ilk kavga bir hafta sürdü. Çatallardan biri yanağına saplandıktan sonra papi ortalık yatışıncaya kadar taşınmaya karar verdi. Evden uzakta geçirdiği ikinci gecesinde, puta yanında uyurken, düşünde annemin babasının ona vermeyi vadettiği paranın rüzgârda parlak kuşlar gibi uçarak ondan uzaklaştığını gördü. Bu düş yataktan mermi gibi fırlamasına neden oldu. Puta ona, İyi misin? diye sorduğunda başını iki yana salladı. Sanırım bir yere gitmem gerekiyor, dedi. Bir arkadaşından hardal renginde temiz bir guayabera ödünç aldı, bir *concho*'ya atladı ve abuelo'mu ziyaret etti.

Abuelo'nun salıncaklı koltuğu her zamanki yerindeydi, herkesi ve her şeyi görebildiği kaldırımda. O koltuğu otuzuncu yaş gününde kendine armağan olarak yapmış, o zamandan beri kıçının ve omuzlarının yıprattığı hasır örgüyü iki kez yenilemek zorunda kalmıştı. Duarte'ye yürüyecek olursanız o koltuğu her yerde görürsünüz. Aylardan kasımdı ve mangolar ağaçlardan düşüyordu. Gözlerinin iyi görmemesine rağmen abuelo, papi Sumner Welles'a ayak basar basmaz onun gelmekte olduğunu gördü. Dedem iç geçirdi, babamla tartışmaktan bıkmıştı. Babam pantolonunu yukarı çekip salıncaklı koltuğun yanına çömeldi.

Seninle kızınla olan hayatımı konuşmaya geldim, dedi, şapkasını çıkararak. Ne duyduğunu bilmiyorum ama hiçbirinin doğru olmadığına bütün kalbimle yemin ederim. Kızın ve çocuklarım için istediğim tek şey onları Amerika Birleşik Devletleri'ne götürmek. Onlara iyi bir hayat sunmak istiyorum.

Abuelo ceplerinde az önce kaldırdığı sigarayı aradı. Komşular konuşmayı dinlemek için eve doğru gelmeye başlamışlardı. Ya öteki kadın? dedi abuelo sonunda, kulağının arasına iliştirdiği sigarayı bulamayınca.

O kadının evine gittiğim doğru, fakat bir hataydı. Seni utandıracak bir şey yapmadım, viejo. Yanlış bir şey yaptığımı biliyorum, fakat kadının bu şekilde yalan söyleyeceğini bilmiyordum.

Virta'ya böyle mi dedin?

Evet, ama dinlemiyor. Arkadaşlarından duyduğu şeyleri fazla önemsiyor. Kızın için yapamayacağım bir şey olduğunu düşünüyorsan senden o parayı istemeyeceğim.

Dedem ağzındaki egzoz ve toz tadını tükürdü. Dört beş kez tükürebilirdi. O düşünürken güneş iki kez batabilirdi fakat görüşünü yavaş yavaş yitirirken ve Azua'daki çiftliği toza karışmışken ve ailesi dara düşmüşken başka ne yapabilirdi?

Bak Ramón, dedi, kollarındaki kılları kaşıyarak. Ben sana inanıyorum. Fakat Virta sokaktakileri dinliyor, *chisme* bilirsin. Nasıldır bilirsin. Eve dön ve ona iyi davran. Bağırma. Çocuklara vurma. Ona yakında gideceğini söyleyeceğim. Bu aranızın düzelmesine yardımcı olacaktır.

Papi puta'nın evinden eşyalarını topladı ve o gece eve döndü. Mami ona katlanılması gereken bir konukmuş gibi davrandı. Biz çocuklarla uyudu ve evden mümkün olduğunca uzak durmaya çalıştı. Kentin muhtelif yerlerindeki akrabalarını ziyaret etti. Papi annemi saplantılı sessizliğinden çıkarmayı umarak onu birkaç kez kollarından tutup evin duvarlarına itti. Bunu neden yapıyorsun? diye bağırdı. Yakında gideceğimi bilmiyor musun?

Git öyleyse.

Pişman olacaksın.

Mami bir şey demedi, omuz silkmekle yetindi.

Bizimki kadar gürültülü bir evde bir kadının sessizliği ciddi bir şeydir. Papi bir ay kadar kambur dolaştı, bizi anlamadığımız kung fu filmlerini götürerek onu ne kadar özlediğimizi hissettirmeye çalıştı. Mami saçımızda bit ararken onun yanında duruyor, sonunda aklının başına gelip ona kalması için yalvarmasını bekliyordu.

Bir gece abuelo, ona içi para dolu bir puro kutusu verdi. Banknotlar yeniydi ve zencefil kokuyorlardı. Al. Çocukların seninle gurur duyar umarım.

Göreceksin. Papi, viejo'nun yanaklarından öptü ve ertesi gün üç gün sonrası için uçak biletini satın aldı. Bileti mami'nin yüzüne doğru salladı. Bunu görüyor musun?

Mami yorgunlukla başını yukarı aşağı sallayıp onun ellerini tuttu. Papi'nin giysilerini onarıp bavuluna yerleştirmişti bile.

Papi giderken mami onu öpmedi. Onun yerine biz çocukları teker teker yanına gönderdi. Babanıza veda edin. Yakında dönmesini istediğinizi söyleyin.

Papi ona sarılmaya çalıştığında mami onu kollarından kavradı, parmakları kerpeten gibiydi. Bu paranın nereden geldiğini unutma, dedi, beş yıl boyunca yüz yüze sarf ettikleri son sözler bunlar olacaktı.

***

Babam kötü rezerve edilmiş kükreyen bir uçakla sabahın dördünde Miami'ye vardı. Yanında sadece birkaç giysi, bir havlu, bir kalıp sabun, bir jilet, parası ve bir kutu çiklet bulunduğu için gümrükten sorunsuzca geçti. Biletini Miami'ye alarak biraz tasarruf etmişti fakat ilk fırsatta Nueva York'a gitmesi gerekiyordu. İş oradaydı, Nueva York Cubano'lara ve onların puro sanayiine, ardından da Porto Rikolulara kucak açan kentti. Şimdi de onu çağırıyordu.

Terminalden çıkmaya çalışırken zorlandı. Herkes İngilizce konuşuyordu, tabelaların da bir yararı olmuyordu. Ortalıkta gezinirken yarım paket sigara içti. Sonunda terminalden çıkabildi. Çantasını kaldırıma koydu ve kalan sigaraları fırlatıp attı. Karanlıkta Kuzey Amerika'nın küçük bir parçasını görebiliyordu. Upuzun bir araba konvoyu, uzakta palmiye ağaçları ve ona Máximo Gomez'i hatırlatan karayolu. Hava, Ada'da olduğu kadar sıcak değildi ve kent iyi aydınlatılmıştı, fakat kendini okyanusu ve bir dünyayı aşmış gibi hissetmiyordu. Terminalin önünde bekleyen bir taksi şoförü ona İspanyolca seslendi ve bavulunu tuttuğu gibi arka koltuğa fırlattı. Yeni biri, dedi. Adam siyah, kambur ve güçlüydü.

Burada akraban var mı?

Sayılmaz.

Bir adres var mı?

Yok, dedi babam. Tek başıma geldim. İki elim ve kaya gibi bir yüreğim var.

Doğru, dedi taksi şoförü. Papi'yi kentte gezdirdi, Calle Ocho civarında. Sokakların boş olmasına ve dükkânların önündeki akordeon girişlere rağmen babam binaların ve yüksek sokak lambalarının zenginliğini hissetti. Yeni ülkesini onaylaması için gezdirilmekte olduğunu hayal etti. Buralarda kendine yatacak bir yer ayarla, dedi taksi şoförü. Yarın sabah yapacağın ilk şey kendine bir iş bulmak olsun. Ne olursa.

121

Buraya çalışmaya geldim zaten.

Elbette, dedi taksi şoförü. Papi'yi bir otelin önünde indirdi ve yarım saatlik gezinti için beş dolarını aldı. Benden tasarruf ettiğin her kuruşun sana daha sonra yararı olacak. Umarım talihin yaver gider.

Papi taksi şoförüne bahşiş vermek istedi fakat adam gaza basıp uzaklaştı, taksinin tepe ışığı yandı, yeni bir müşteriye hazırdı. Papi çantasını omuzladı, tozu ve asfalttan yayılan sıcaklığı koklayarak yürümeye başladı. Önce bir park bankında uyuyarak paradan tasarruf etmeyi düşündü, fakat ortama tamamen yabancı olması ve tabelaların anlaşılmazlığı onu ürküttü. Ya sokağa çıkma yasağı varsa? Talihin kötü bir oyununun onu mahvedebileceğini biliyordu. Ondan önce gelenlerin pek çoğu aptalca bir hata yüzünden geri gönderilmemiş miydi? Gökyüzü ona birden çok yüksek göründü. Geldiği yoldan otele döndü, spastik neon tabelası bir yük gibi sokağa taşıyordu. Resepsiyon masasındaki adamı anlamakta zorlandı, sonunda adam bir gecelik ücreti bir kâğıda büyük harflerle yazdı. Oda *cuatro-cuatro*, dedi adam. Babam duşu çalıştırmakta da çok zorlandı fakat sonunda yıkanabildi. O güne dek bulunduğu ve bedenindeki kılların dönmesine neden olmayan ilk banyoydu. Radyodan anlamadığı sesler gelirken bıyığını kırktı. Bir saat sonra uyuyordu. Yirmi dört yaşındaydı. Düşünde ailesini görmedi, uzun yıllar da görmeyecekti. Onun yerine altın sikkeler gördü, adanın pek çok yerindeki gemi enkazlarından çıkarılmış ve şeker kamışı yüksekliğinde istiflenmiş altın sikkeler.

O ilk sabahın şaşkınlığına rağmen, yaşlı bir Latin kadın çarşaflarını değiştirip içine tek bir kâğıt parçası attığı çöp sepetini boşaltırken, onu kırklı yaşlarına kadar zinde tutacak mekiklerini ve şınavlarını çekti.

Sen de yapmayı dene, dedi Latin kadına. Çalışmayı çok kolaylaştırır.

Bir işin olsaydı egzersize ihtiyaç duymazdın, dedi kadın.
Bir gün önce giydiği giysileri omuz çantasına attı ve yeni bir
kıyafet çıkardı. Biraz su ve parmaklarını kullanarak kırışıklıkla-
rı gidermeye çalıştı. Mami'yle yaşadığı yılarda giysilerini kendi
yıkayıp ütülerdi. Bu erkek işi, demeyi severdi, kendi işini kendi
görmenin gururuyla. Jilet gibi ütülenmiş pantolonları ve tiril ti-
ril beyaz gömlekleriyle tanınırdı. Neticede suikasta kurban git-
tiği gece on bine yakın kravat sahibi olan terzilik delisi Jefe'yi*
kendine örnek almış bir kuşağa mensuptu. Babam tertipli giyi-
mi ve ciddiyetiyle yabancı görünse de mojado'yu andırmıyordu.

O ilk gün üç Guatemalalıyla paylaşacağı bir daire ve ilk işini
buldu; bir Küba sandviç dükkânında bulaşıkçılık. Bir zamanlar
hamburgerci olan dükkân şimdi buram buram *Oyeme* ve *lechon*
aroması kokuyordu. Ön tezgâhta sandviçleri bastıran işçiler ça-
lışıyordu. Arka tarafta gazete okuyan adam babama işe hemen
başlayabileceğini söyledikten sonra ona bileklerine kadar uza-
nan iki önlük verdi. Bunları her gün yıka, dedi. Burada temizli-
ğe önem veririz.

Babamın ev arkadaşlarından ikisi kardeşti, Stefan ve Tomás
Hernández. Stefan, Tomás'tan yirmi yaş daha büyüktü. İkisi-
nin de memlekette aileleri vardı. Katarakt Stefan'ın görüşünü
giderek karartıyordu; bu hastalık yüzünden parmağının yarısı-
nı ve son işini yitirmişti. Şimdi tren istasyonunda yerleri süpü-
rüp kusmuk temizliyordu. Bu çok daha güvenli, dedi babama.
Fábrica'da çalışmak insanı bir tiguere'den daha hızlı öldürür.
Stefan at yarışlarına meraklıydı, kardeşinin gözlerini iyice mah-
vedeceği uyarılarına rağmen yarış bültenlerini yüzüyle üzerine
kapanarak incelerdi. Burnunun ucu bu yüzden genellikle mü-
rekkepliydi.

Üçüncü ev arkadaşı Eulalio idi. O büyük odada tek başına

123

---

* Dominik Cumhuriyeti'ni 1930–1961 yılları arasında diktatörlükle yöneten Rafael
Leonidas Trujillo Malino'nın takma ismi El Jefe idi. *—yhn*

kalıyordu ve her sabah onları işe götüren paslı Duster arabanın sahibiydi. Amerika'ya geleli neredeyse iki yıl olmuştu. Papi'yle ilk tanıştığında onunla İngilizce konuşmuştu. Papi yanıt vermeyince Eulalio İspanyolcaya dönmüştü. Bir yere varmak istiyorsan İngilizce öğrenmek zorundasın. Ne kadar İngilizce biliyorsun?

Hiç, dedi papi, bir an düşündükten sonra.

Eulalio başını iki yana salladı. Papi en son Eulalio ile tanışmış, en az onu sevmişti.

Papi salonda yatıyordu, önce yıpranmış saçakları tıraşlı başına yapışan halının üzerinde, daha sonra komşulardan birinden aldığı bir şiltede. Günde iki uzun vardiya çalışıyordu, arada dört saatlik iki boş zamanı vardı. İlkinde eve gidip uyuyor, ikincisinde dükkânın lavabosunda önlüklerini yıkadıktan sonra önlükler kururken depoda kestiriyordu, El Pico kahve kutularının ve ekmek kulelerinin arasında. Bazen çok sevdiği Western dergilerini okuyordu – bir dergiyi bir saatte okuyabiliyordu. Çok sıcaksa ya da dergiden sıkılmışsa mahallede geziniyor, sokakların, arabaların ve evlerin tertipliliğine hayranlık duyuyordu. Memlekette hayal bile edilemeyecek güzellik ürünleri ve iyi diyetlerle değişim geçirmiş Latin kadınlardan etkileniyordu. Harikulade görünüyorlardı fakat soğuktular. Parmağıyla beresine dokunup birkaç kelime etmeyi umarak durduğunda bu kadınlar yüzlerini ekşiterek yanından geçip gidiyorlardı.

Cesaretini yitirmedi. Geceleri Eulalio ile barlara takılmaya başladı. Papi tek başına gitmektense şeytanla bir içki paylaşmayı yeğlerdi. Hernández kardeşler geceleri çıkmayı sevmezlerdi; onlar biriktiriciydiler, gerçi arada sırada iplerini koparır, tekila ve birayla körkütük sarhoş olurlardı. Kardeşler eve geç gelir, onlara yüzlerine karşı hakaret eden bir *morena*'ya dair bir şeyler mırıldanarak papi'nin üzerine basarlardı.

Eulalio ile papi haftada iki ya da üç gece çıkıp rom içiyorlardı. Babam içkileri elinden geldiğince Eulalio'ya ödetiyordu.

Eulalio genellikle geldiği finca'dan konuşmayı seviyordu, ülkenin merkezinde büyük bir çiftlikten. Çiftlik sahibinin kızına âşık oldum. Ben, bir *peon*. İnanabiliyor musun? Onu annesinin yatağında beceriyordum, Hazreti Meryem'in ve çarmıha gerilmiş oğlu İsa'nın önünde. Onu o haçı duvardan indirmeye ikna etmeye çalıştım fakat duymak bile istemedi. Böyle seviyordu. Buraya gelmem için gerekli parayı bana o verdi. İnanabiliyor musun? Yakında, kenara biraz para koyduğumda, onu buraya getirteceğim.

Hep aynı hikâyeydi, farklı çeşnilendirilmiş, her gece. Papi az konuşuyor, daha da az inanıyordu. Hep başka erkeklerin yanında olan kadınları izliyordu. Bir iki saat sonra hesabını ödeyip gidiyordu. Havanın serin olmasına rağmen ceket giymeye ihtiyaç duymuyor, kısa kollu gömleğiyle rüzgâra meydan okuyarak yürümeyi seviyordu. Eve kadar bir kilometre yolu yürüyor, konuşmaya istekli herkesle konuşuyordu. Arada sırada sarhoşlar İspanyolca konuştuğunu görüp onu kadınların ve erkeklerin içki içip dans ettikleri bir eve davet ediyorlardı. O partileri barlardan çok daha fazla seviyordu. Yeni yeni filizlenmeye başlayan İngilizcesini o yabancılarla konuşarak ilerletiyordu, Eulalio'nun sinsi eleştirilerden uzak.

Eve geldiğinde şiltesi izin verdiğince kollarını bacaklarını uzatarak yerine yatıyordu. Ailesini, iki huysuz oğlunu ve *Melao* diye seslendiği karısını düşünmeye çalışıyordu. Kendi kendine, sadece bugünü ve yarını düşün, diyordu. Kendini ne zaman güçsüz hissetse şiltenin altından benzin istasyonunda satın aldığı haritayı çıkarıp yavaşça kentlerin adını telaffuz ediyor, İngilizce denen dilin korkunç seslerini taklit etmeye çalışıyordu. Haritanın sağ alt köşesinde adamızın kuzey körfezi görünüyordu.

Babam o kış Miami'yi terk etti. İşini kaybetmiş ve yeni bir iş bulmuştu, fakat parası azdı ve dairenin döşemesinde yatmanın maliyeti aşırı yüksekti. Ayrıca yaptığı bazı hesaplardan ve alt

kattaki *gringa*'yla yaptığı konuşmalardan (kadın artık onu anla-
yabiliyordu) Eulalio'nun zırnık ödemediğini öğrenmişti. Bu da
Eulalio'nun neden diğerleri kadar çok çalışmadığını ve bütün o
güzel giysileri nasıl aldığını açıklıyordu. Papi, Hernández kar-
deşlere gazetenin kenarında yaptığı hesaplamaları gösterdiğin-
de kardeşler kayıtsız kaldılar. Onun arabası var, dedi Stephan,
gözlerini kısıp rakamlara bakarak. Hem burada sorun çıksın
istemiyoruz. Yakında hepimiz taşınacağız zaten.

Fakat bu adil değil, dedi papi. Ben bu bok için mi köpek gibi
yaşıyorum?

Elden ne gelir? dedi Tomás. Hayat burada herkesi tokatlar.

Göreceğiz.

Ondan sonra olanlara dair iki ayrı hikâye var, biri papi'den,
öteki annemden; ilkine göre papi çantasına Eulalio'nun en
güzel giysilerini doldurup sessizce gitti, ikincisine göre önce
Eulalio'yu dövdü, sonra giysileri çantasına doldurup Virginia
otobüsüne bindi.

Papi, Virginia'dan sonraki kilometrelerce yolu yürüdü. Kendine
otobüs bileti alacak kadar parası vardı fakat pek çok deneyimli
göçmenin önerileri doğrultusunda kira için biriktirdiği para-
yı harcamak istemiyordu. Neuva York'ta evsiz olmak felakete
davetiye çıkarmaktan farksızdı. Oraya beş parasız gitmektense
yüzlerce kilometre yolu yürümek yeğdi. Parasını boxer şortuna
diktiği çakma timsah derisinden cüzdanına koymuştu. Cüzdan
kasığında yara yapmıştı ama hırsızın arayacağı son yerdi.

Kötü ayakkabılarıyla yürürken donuyor, farklı arabaları mo-
tor seslerinden ayırt etmeyi öğreniyordu. Onu asıl rahatsız eden
soğuktan ziyade çantalarıydı. Kolları ağrıyordu onları taşımak-
tan, özellikle pazıları. İki kez, titrediğini görüp ona acıyan iki
kamyoncuyla seyahat etti. Sonra, Delaware'in hemen dışında,
I-95 karayolunun yanında bir Crysler araba onu durdurdu.

Arabanın içindeki adamlar federal polistiler. Babam onların polis olduğunu hemen anladı; tiplerini tanıyordu. Arabalarını inceledi ve hemen arkasındaki ormana kaçmayı düşündü. Vizesinin süresi beş hafta önce bitmişti ve yakalanırsa memlekete kelepçelenmiş olarak dönecekti. Başka kaçaklardan Kuzey Amerika polisine dair pek çok hikâye dinlemişti, seni *la migra*'ya teslim etmeden önce nasıl dövdüklerine ve bazen paranı alıp dişsiz olarak terk edilmiş bir yola fırlattıklarına dair. Her nedense, belki kamçılayıcı soğuk yüzünden, belki de aptallığından, ayaklarını sürüyerek ve burnunu çekerek olduğu yerde kaldı. Arabanın pencerelerinden biri açıldı. Babam arabanın yanına gidip iki uykulu *blanco*'ya baktı.

Seni bir yere bırakmamızı ister misin?

Jes, dedi papi.

Adamlar sıkıştılar ve papi ön koltuğa oturdu. Kıçını ancak on beş kilometre yol aldıktan sonra hissedebildi. Soğuk ve yanından geçen arabaların kükremesi onu nihayet terk ettiğinde arka koltukta elleri ve ayakları kelepçeli zayıf bir adamın oturduğunu fark etti. Adam sessizce ağlıyordu.

Ne kadar uzağa gidiyorsun? diye sordu arabayı süren.

New York, dedi papi, sözcüğü doğru telaffuz etmeye özen göstererek.

Biz o kadar uzağa gitmiyoruz fakat istersen bizimle Trenton'a kadar gelebilirsin. Nerelisin sen arkadaş?

Miami.

Miami mi? Miami buradan hayli uzak. Öteki adam sürücüye baktı. Müzisyen filan mısın?

Evet. Akordiyon çalarım.

Ortada oturan adam bunu duyunca heyecanlandı. Vay canına, benim ihtiyar da akordiyon çalardı, fakat Polonyalıydı benim gibi. Siz Latin Amerikalıların da akordiyon çaldıklarını bilmiyordum. Hangi polkaları seversin?

Polka?

Tanrım, Will, dedi sürücü. Küba'da polka çalmazlar.

127

Sadece bir kez ücretli yolda rozetlerini göstermek için yavaşlayarak yola devam ettiler. Babam sessizce oturdu ve arkada ağlayan adamı dinledi. Nesi var? diye sordu. Midesi belki? Sürücü burnunu çekti. Midesi mi? Kusmak üzere olan biziz. Adın ne senin? diye sordu Polonyalı.

Ramón.

Ramón, dedi şoför, Scott Carlson Porter ile tanış, katil.

Katil mi?

Pek çok cinayeti var. *Mucho* cinayet.

Georgia'dan yola çıktığımızdan beri ağlıyor, diye izah etti sürücü.

Ağlamayı bir kez bile kesmedi. Biz yemek yerken bile ağlıyor küçük göt. Bizi delirtecek.

Belki arabada başka biri olursa ağlamayı keser diye düşündük, dedi Polonyalı, başını sallayarak, ama yanılmışız.

Polisler papi'yi Trenton'da indirdiler. Papi hapsi boylamadığı için o kadar rahatladı ki kendinde otostop yapmak için başparmağını tekrar kaldıracak cesareti buluncaya kadar dört saat daha yürüdü.

Babam Nueva York'taki ilk yılında Washington Heights'ta yaşadı, şimdiki Tres Marís restoranının üzerinde karafatmalardan geçilmeyen bir dairede. Kendine biri ofis temizliği, öteki bulaşıkçılık olmak üzere iki iş bulduktan sonra eve yazmaya başladı. İlk mektubuna katlanmış bir yirmi dolarlık banknot koydu. Eve nadiren gönderdiği paralar arkadaşlarının yaptığı gibi önceden tasarlanmış meblağlar değildi; hayatta kalması için gerekli parayı gönderdiği için meteliksiz kalıyor, bir sonraki maaş gününde geri ödemek şartıyla arkadaşlarından borç alıyordu.

İlk yılında günde on dokuz yirmi saat çalışıyordu, haftanın yedi günü. Sokaktayken soğukta ciğerleri paralanırcasına öksürüyor, mutfakta çalışırken ocakların yaydığı sıcaklık beynine tirbuşon gibi işliyordu. Eve düzensiz yazıyordu. Mami onu yediği halt için bağışlamıştı ve ona barrio'yu kimlerin terk ettiğini yazıyordu, tabutla ya da uçakla. Papi eline geçen kâğıt parçalarına yazıyordu, genellikle ince mendil kutularının ince yüzeylerine ya da iş yerindeki irsaliye sayfalarına. Çalışmaktan o kadar yorgun düşüyordu ki neredeyse her sözcükte imla hatası yapıyor, uyuyakalmamak için dudaklarını ısırıyordu. Yakında bize bilet göndereceğine söz veriyordu. Mami'nin gönderdiği fotoğrafları işyerindeki arkadaşlarıyla paylaştıktan sonra onları cüzdanındaki eski piyango biletlerinin arasına koyup unutuyordu.

İklim kötüydü. Sıklıkla hastalanmasına rağmen çalışmaya devam ediyordu ve evlenecek bir kadın aramaya başlayacak kadar para biriktirmişti. Bu eski bildik yöntemdi, savaş sonrasının en eski *maroma*'sı. Bir Amerikan vatandaşı bul, evlen, bekle, sonra boşan. Çok başvurulan, pahalı ve dolandırılmaya açık bir yöntemdi.

İşyerindeki arkadaşlarından biri ona *el General* lakaplı kısmen kel bir blanco'nun telefon numarasını verdi. Bir barda buluştular. El General iş konuşmadan önce iki tabak yağlı soğan halkasını midesine indirdi. Bak arkadaşım, dedi. Sen bana elli papel verirsin ve ben sana bu işle ilgilenen bir kadın getiririm. Gerisi ikinizin arasındadır, beni ilgilendirmez. Beni ilgilendiren tek şey paramı almam ve getirdiğim kadının samimi olması. Kadınla anlaşamazsan paran iade edilmez.

Neden kendim böyle bir kadın aramıyorum?

Elbette bunu yapabilirsin, dedi El General, papi'nin hafifçe vurduğu eline zeytinyağı bulaştırarak. Fakat göçmen bürosuyla başını belaya sokma riskine giren benim. Bu riski sen alacaksan istediğin yere gidip böyle bir kadın arayabilirsin.

Elli dolar babam için çok büyük bir miktar olmamakla birlikte vermeye kıyamıyordu. Barda arkadaşlarına içki ısmarlamakla ya da uygun zamanda kendine rengini beğendiği bir kemer satın almakla bir sorunu yoktu. Beni yanlış anlamayın; iyi vakit geçirdiğinden değil. Hayır, o zaman dek iki kez soyulmuş, kaburgaları çatlayıncaya kadar dövülmüştü. Sıklıkla çok fazla içiyor, odasına döndüğünde öfkeyle burnundan soluyor, kendi etrafında dönüp insanı iliklerine kadar donduran bu ülkeye gelme aptallığında bulunduğu için kendine sövüyordu. Onun yaşında bir adamın karısı varken mastürbasyon yapmak zorunda kalmasına, işlerinin ve kentin onu yaşamaya mecbur bıraktığı hayata kızıyordu. Gazetelerin haklarında sayfa sayfa yazılar yayımlandığı konserlere ya da müzelere gitmek şöyle dursun, uyumaya bile zamanı yoktu. Ve karafatmalar. Dairesindeki karafatmalar o kadar pervasızdılar ki ışıkları açtığında bile korkup kaçmıyorlardı. Beş santim uzunluğundaki antenlerini, Hey puto, kapat şu ışıkları, der gibi sallıyorlardı. Onların kabuklu bedenlerini ayağıyla ezmek ve çarşafını silkelemek için beş dakikasını harcıyor, fakat karafatmalar yine de geceleri üzerinde yürüyorlardı. Hayır, iyi vakit geçirmiyordu, fakat ailesini getirmeye de henüz hazır değildi. Yasallaşmak ona merdivenin ilk basamağına sıkıca tutunma olanağı tanıyacaktı. Çoğunun maddi durumu onunkinden bile kötü olan arkadaşlarına danıştı.

Arkadaşları para yüzünden kararsızlık geçirdiğini sandılar. Pendoje gibi davranma be adam. *Fulano*'ya parasını ver kurtul. Belki şansın var, belki yok. Bu iş böyle. Bu barrio'lar kötü şanstan yapıldı, sen de buna alışmak zorundasın.

El General'la Boricua Kafeterya'da buluştu ve ona parayı verdi. Bir gün sonra adam ona bir adla geldi: Flor de Oro. Bu onun gerçek adı değil tabii ki, dedi El General papi'ye. Bazı şeyleri saklamayı severim.

Kafeteryada buluştular. İkisi de birer *empanada* ve maden suyu söylediler. Flor elli yaşlarında, işe odaklı bir kadındı. Gri saçlarını tepesinde topuz yapmıştı. Babam konuşurken sigara içiyordu, elleri yumurta kabuğu gibi beneklenmişti.

Sen Dominikli misin? diye sordu papi.

Hayır.

Kübalısın öyleyse.

Bana bin dolar verirsen Amerikan vatandaşı olmakla o kadar meşgul olacaksın ki nereli olduğumu merak etmeye zamanın olmayacak.

Bu büyük para. Sence Amerikan vatandaşı olduktan sonra ben de başkalarıyla evlenerek para kazanabilir miyim?

Bilmiyorum.

Babam tezgâhın üzerine iki dolar bırakıp ayağa kalktı.

Peki, sen söyle. Kaç paran var? diye sordu kadın.

O kadar çok çalışıyorum ki burada oturmak bile benim için bir hafta tatil yapmak gibi bir şey. Yine de bütün param altı yüz dolar.

İki yüz dolar daha bulursan anlaşırız.

Papi ertesi gün buruşuk bir gazete kâğıdına sakladığı parayı getirdi ve karşılığında kadından bir makbuz aldı. Ne zaman başlıyoruz? diye sordu.

Önümüzdeki hafta. Belgeleri hemen hazırlamaya başlayacağım.

Babam makbuzu yatağının üzerine raptiyeledi ve uyumadan önce karafatmaların gizlenmediğinden emin olmak için altına baktı. Arkadaşları heyecanlandılar. Ofis temizleme işindeki patronu onları içki içip meze yemek için Harlem'e götürdü. Orada İspanyolcaları demode giysilerinden daha çok ilgi çekti. Papi arkadaşlarının heyecanını paylaşmıyor, fazla aceleci davrandığını hissediyordu. Bir hafta sonra ona El General'i öneren arkadaşını görmeye gitti.

Hâlâ aramadı, dedi. Arkadaşı tezgâhı fırçalıyordu.

Arar, dedi arkadaşı başını kaldırmadan. Bir hafta sonra babam yatağında sarhoş, yalnız ve dolandırıldığından emin yatıyordu.

Bundan kısa bir süre sonra ofis temizleme işini bir arkadaşını yumruklayıp merdivenden aşağı yuvarladığı için kaybetti. Daireyi terk etmek zorunda kaldı ve bir ailenin yanına taşındı. Sonra bir Çin lokantasında iş buldu, tavuk kanadı ve pirinç kızartıyordu. Daireyi terk etmeden önce başına gelenleri duvara raptiyelediği makbuzun üzerine yazdı ve yerini alacak budalaya bir uyarı olarak orada bıraktı. *Ten cuidado*, diye yazdı. Bu insanlar köpekbalığından bile daha tehlikeli.

Altı ay eve para göndermedi. Annemin mektuplarını okuduktan sonra katlayıp yıpranmış çantasına koyuyordu.

Papi onu Noel öncesinin sabahında tanıdı, çamaşırhanede, pantolonunu katlayıp nemli çoraplarını eşleştirirken. Kadın kısa boyluydu, kulaklarının önüne hançer gibi inen siyah saçları vardı ve papi'ye ütüsünü ödünç verdi. Aslen La Romana'lıydı fakat pek çok Dominikli gibi sonradan Başkent'e taşınmıştı.

Yılda bir kez memlekete gidiyorum, dedi papi'ye. Genellikle *Pascua* zamanında, annemi, babamı ve kız kardeşlerimi görmeye.

Ben memlekete gitmeyeli uzun zaman oldu. Hâlâ yol parasını denkleştirmeye çalışıyorum, dedi babam.

Hallolur, inan bana. Ben ilk gidişimi yıllar sonra gerçekleştirebilirdim.

Papi kadının Amerika'ya altı yıl önce geldiğini ve Amerikan vatandaşı olduğunu öğrendi. İngilizcesi mükemmeldi. Giysilerini naylon torbaya doldururken onu partiye davet etmeyi aklından geçirdi. Bir arkadaşı onu Corona, Queens'te Dominiklilerin *la Noche Buena*'yı birlikte kutlayacakları bir eve davet etmişti. Daha önce katıldığı bir partiden yemeğin, dansın ve bekâr kadınların bol olduğunu biliyordu.

Dört çocuk, kurutma makinesinin altındaki madeni para mekanizmasını zorlayarak açmaya çalışıyorlardı. Benim çeyreğim sıkıştı, diye bağırıyordu çocuklardan biri. Köşede bir öğrenci üzerinde yeşil tıp kıyafetiyle dikkat çekmeden dergi okumaya çalışıyordu fakat çocuklar makineden sıkılınca ona musallat oldular, dergisini çekiştirip ellerini ceplerine sokmaya başladılar. Öğrenci çocukları itmeye başladı.

Hey, dedi papi. Çocuklar ona parmak gösterip dışarı çıktılar. Bütün Latin Amerikalılara ölüm! diye bağırdılar.

Zenciler, diye mırıldandı tıp öğrencisi. Papi torbasının iplerini bağladı ve kadını davet etmemeye karar verdi. Kuralı biliyordu; hiç tanımadığı bir adamla yabancı yerlere giden bir kadına güvenilmezdi. Onun yerine kadına boş gününde onunla İngilizcesini geliştirmek istediğini söyledi. Pratik yapmaya ihtiyacım vardı, dedi. Sana zamanın için para ödemeye hazırım.

Kadın güldü. Saçmalama. Müsait olduğunda uğra. Çarpık çurpuk el yazısıyla adresini ve telefon numarasını yazdı.

Babam gözlerini kısıp kâğıda baktı. Sen buralarda yaşamıyorsun galiba?

Hayır, ama kuzenim burada yaşıyor. Sana onun numarasını da verebilirim istersen.

Hayır, bu yeterli.

Babam partide iyi zaman geçirdi. Genellikle içmeyi sevdiği romdan ve altılı biradan uzak durdu. Kucağına yemek dolu bir tabak alıp iki yaşlı kadın ve onların kocalarıyla oturdu. Tabağına patates salatası, kızarmış tavuk parçaları, tostone'lar, yarım avokado ve getiren kadına ayıp olmasın diye azıcık *mondongo* almıştı. Santo Domingo'daki günlerinden konuştu. Belleğinde yer edecek güzel bir geceydi. Sabaha karşı bir sularında elinde yemek dolu plastik bir poşet ve koltuğunun altında bir somun *telera*'yla eve döndü. Ekmeği binanın girişinde titreyerek uyumakta olan adama verdi.

Birkaç gün sonra Nilda'yı aradığında gayet kibar konuşan bir genç kızdan işten olduğunu öğrendi. Papi adını verdi ve o gece tekrar aradı. Telefonu Nilda açtı.

Ramón, beni dün aramalıydın. İkimiz de çalışmadığımız için uygun bir gündü.

Noel'i ailenle kutlamanı istedim.

Ailemle mi? dedi kadın kıkırdayarak. Burada sadece kızım var. Şimdi ne yapıyorsun? Uğramak ister misin?

Rahatsız etmek istemem, dedi babam, çünkü kurnazdı, bunu kabul etmek gerekir.

Nilda, Brooklyn'in sevimsiz ve sakin bir sokağındaki bir binanın en üst katında oturuyordu. Ev temiz, yerler ucuz muşamba kaplıydı. Babam Nilda'nın zevkini biraz bayağı buldu. Tarzları ve renkleri bir çocuğun resim yaparken karıştıracağı gibi karıştırmıştı, uyum yoktu. Salonun ortasındaki alçak cam sehpanın üzerinde plastik turuncu bir fil duruyordu. Duvarda, Afrikalı şarkıcıların fotoğrafının karşısında, üzerinde bir kısrak sürüsünün resmi bulunan bir kilim asılıydı. Her odada plastik çiçekler vardı. Kızı Milagros olağanüstü kibardı ve gündelik hayattan ziyade *quinceanera*'ya uygun kıyafetlerden oluşan bir koleksiyona sahip olduğu anlaşılıyordu. Kalıp plastik çerçeveli gözlük takıyordu ve babamın ziyareti süresince ince bacaklarını birbirinin üzerine atıp televizyonun karşısında oturmuştu. Nilda'nın mutfağında malzeme sıkıntısı yoktu. Babam ona bildiği Kanton ve Küba tariflerinden birkaç yemek pişirdi. *Ropa vieja* babamın favori yemeğiydi ve Nilda'nın yemeğin lezzeti karşısında yaşadığı şaşkınlığı görmek onu sevindirdi. Seni sık sık mutfağıma sokmalıyım, dedi Nilda.

Nilda sahibi olduğu restorandan ve onu döven ve bütün arkadaşlarının restoranda bedava yemek yemesini talep etmek gibi bir alışkanlığı olan kocasından konuşmayı seviyordu. Nilda İngilizce çalışarak geçirecekleri saatleri babama fotoğraf albümünün sayfalarını göstererek harcadı. Milagros'nun bütün gelişim aşamalarını tek tek gösterdi, kız egzotik bir böcekmiş gibi. Papi, kendi ailesinden söz etmedi. İngilizce derslerinin ikinci haftasında babam Nilda'yı öptü. Plastik kılıf kaplı kanepede oturmuş televizyondaki yarışma programını izliyorlardı ve babamın dudakları Nilda'nın *pollo guisado*'sundan yağlanmıştı.

Sen git en iyisi, dedi Nilda.

Şimdi mi?

Evet, şimdi.

Papi rüzgârlığını elinden geldiğince yavaş giydi, kadının fikrini değiştirmesini umarak. Nilda kapıyı açtı ve arkasından hızla kapattı. Papi trenle Manhattan'a dönerken yol boyunca ona sövdü. Ertesi gün işte arkadaşlarına kadının kaçık olduğunu ve kalbine bir yılanın çöreklenmiş olduğunu söyledi. Tahmin etmeliydim, dedi buruklukla. Bir hafta sonra Nilda'nın evindeydi yine, İngilizce konuşarak Hindistan cevizi rendeliyordu. Şansını bir kez daha denedi ve kadın onu yine gönderdi.

Her öpmeye kalkıştığında kadın onu kapıya koyuyordu. Soğuk bir kıştı ve doğru dürüst bir paltosu yoktu. Kimsenin doğru dürüst bir paltosu yoktu, dedi papi bana çok sonra, çünkü kimse uzun kalmayı ummuyordu. Neyse, evine gitmeye devam ettim ve elime geçen her fırsatta onu öpmeye çalıştım. Her seferinde gerilip bana gitmemi söylüyordu, ona vurmaya kalkışmışım gibi. Kadın delinin tekiydi. Fakat vazgeçmedim ve bir gün bana karşılık verdi. Nihayet. O arada kentteki bütün kahrolası trenleri ezbere öğrenmiş, yün bir palto ve iki çift eldiven edinmiştim. Bir Eskimo'yu andırıyordum. Bir Amerikalıyı.

135

Papi bir ay sonra Nilda'nın Brooklyn'deki evine taşındı. Mart ayında evlendiler.

Evlilik yüzüğü takmasına rağmen papi Nilda'nın kocası gibi davranmıyordu. Nilda'nın evinde yaşıyor, yatağını paylaşıyor, kira ödemiyor, yemeğini yiyor, televizyon bozulduğunda Milagros ile sohbet ediyordu. Tavan arasına halter sehpasını kurmuştu. Sağlığına kavuşmuştu. Kolunu büküp Nilda'ya biseps ve trisepslerini göstermeyi seviyordu. Kaslarını daha iyi göstersin diye gömleklerini orta beden satın almaya başlamıştı.

Evin yakınında iki işte birden çalışıyordu. Biri radyo tamircisinde lehim işiydi, öteki ise bir Çin lokantasında aşçılık. Lokantanın sahipleri Çin asıllı Kübalıydılar; *arroz negro*'ları domuzlu pirinç kızartmasından daha başarılıydı ve öğle yemeğiyle akşam yemeği arasındaki boş saatleri babam ve diğer çalışanlarla büyük yağ varillerinin üzerinde domino oynayarak geçirmeyi seviyorlardı. Bir gün, irsaliyeleri toplarken, babam onlara Santo Domingo'daki ailesinden söz etti.

Zayıflığından ötürü İğne lakabını taktıkları aşçıbaşı hiddetlendi. İnsan ailesini böyle unutur mu? Buraya gelmen için sana onlar destek olmadı mı?

Onları unutmadım, dedi papi. Bu onları getirmek için uygun bir zaman değil. Faturalarımı görmelisin.

Ne faturası?

Papi bir an düşündü. Elektrik. Çok pahalı. Evimde seksen sekiz ampul var.

Nasıl bir evde yaşıyorsun?

Büyük bir ev. Eski evlere çok ampul koymak gerekir, biliyorsun.

Come mierda. Kimsenin evinde o kadar ampul yoktur.

Daha az konuşup kendini oyuna versen iyi edersin yoksa bütün paranı alacağım.

Bu *harangue*'lar vicdanını fazla rahatsız etmemiş olmalıydı çünkü o yıl bize hiç para göndermedi.

Nilda'nın babamın öteki ailesinden Karayipler'e kadar uzanan arkadaş zinciri sayesinde haberi oldu. Öğrenmesi kaçınılmazdı. Öfkelendi ve babam onu bizi artık umursamadığına ikna etmek için en iyi performanslarından birini sergilemek zorunda kaldı. Şansı vardı çünkü mami göçmenlerden oluşan kendi arkadaş zinciri sayesinde papi'nin kuzeydeki adresini öğrenmeye çalıştığında ona mektuplarını Nilda'nın evi yerine çalıştığı restorana göndermesini söylemişti.

Çoğu göçmen gibi Nilda da genellikle işteydi. İkisi genellikle akşamları görüşüyorlardı. Nilda'nın olağanüstü lezzetteki soğuk avokado parçalı sancocho sunduğu restoranı dışında müşterilerine pazarlamaya çalıştığı terziliği vardı. Adamın tekinin gömleği yırtılmış ya da pantolon paçası makine yağından lekelenmişse ona getirmesini, ucuz bir fiyata halledeceğini söylerdi.

Yüksek bir sese sahipti ve bütün restoranın dikkatini o giysiye çekebilirdi ve herkes bakarken adam bu teklifi reddedemezdi. Giysileri bir çöp torbasına koyup eve getirir, zamanını radyoyu dinlerken giysileri onararak geçirirdi. Yerinden sadece Ramón bir bira istediğinde ya da onun için kanal değiştirmek için kalkardı. Kasadan eve para getirdiğinde parayı gizleme yöntemleri son derece zekiceydi. Çantasında bozuk paradan bir şey taşımaz, parayı gizlediği yeri her seferinde değiştirirdi. Genellikle sutyenine yirmi dolarlık banknotları istiflerdi, fakat babam diğer yöntemlerine şaşardı. Platano ezdiği ve çalışanlara servis yaptığı çılgın bir günün ardından yirmilik ve ellilik banknotlar halinde dokuz yüz doları plastik bir sandviç poşetine koymuş ve poşeti bir Malta şişesinin ağzından zorlayarak içine sokmuştu. Şişenin ağzına bir kamış yerleştirerek eve Malta içerek gelmişti. Babamla birlikte oldukları süre zarfında tek kuruş bile kaybetmedi. Çok yorgun değilse babamın parayı tahmin etmeye çalışmasından zevk duyar, her yanlış tahminden sonra babam zula yerini buluncaya kadar giysilerinden bir parça çıkarırdı.

Babamın o dönemdeki en iyi arkadaşı Nilda'nın komşusu Jorge Carretas Lugones idi, ya da barrio'da bilindiği adıyla Jo-Jo. Jo-Jo açık renk teni et benleriyle kaplı bir elli boyunda bir adamdı ve gözleri larimar rengindeydi. Sokakta eski tarz yana eğik bir *pava* takar, cebinde tükenmez kalem ve bütün yerel piyango biletlerini taşırdı. Onu tanımayanlarda üçkâğıtçıymış izlenimi uyandırırdı. Jo-Jo'nun iki sosisli sandviç arabası vardı ve çok iyi iş yapan bir bakkal dükkânına ortaktı. Bakkal dükkânı eskiden çürümeye yüz tutmuş tahtaları ve çatlak fayanslarıyla dökük bir yerdi fakat Jojo iki kardeşinin yardımıyla dükkânı bir kış zarfında o *porqueria* halinden çekip çıkarmış, yeniden inşa etmişti. Arada taksi şoförlüğü ve yerel patronlardan biri için tercümanlık yapıyor, adamın mektuplarını yazıyordu. Tefecilere borcunu ödemek için tuvalet kâğıdını, sabunu ve çocuk bezini iki kat fiyatına sattığı günler geride kalmıştı. Bir duvarı baş-

137

tanbaşa kaplayan buzdolapları, parlak yeşil piyango makinesi ve abur cuburun bulunduğu döner raflar yepyeniydi. Dükkânda takılıp yuka'nın tadından ve yatağa attıkları son kızdan konuşan parazitlerden haz etmezdi. Mahalle tehlikeli olmasına rağmen (yakın arkadaşlarının pala kavgalarında parmaklarını kaybettiğine tanık olduğu San Juan'daki eski barrio'su kadar tehlikeli değildi gerçi) Jo-Jo dükkânını kafesle kaplama ihtiyacı duymamıştı. Mahallenin çocukları onu rahat bırakır, daha çok sokağın sonundaki Pakistanlı aileye musallat olurlardı. Pakistanlı ailenin dükkânı cezaevi hücresini andırırdı; pencerelerde parmaklıklar vardı ve kapı çelik levhalarla güçlendirilmişti.

Jo-Jo ile papi düzenli olarak mahalle barında buluşurlardı. Papi doğru zamanda gülmeyi bilen bir adamdı ve güldüğünde etrafındaki herkes onunla birlikte gülerdi. Her zaman gazete ve kitap okuduğu için çok şey bilirdi. Jo-Jo onu kardeşi gibi görüyordu, talihsiz bir geçmişten gelen ve biraz yönlendirilmeye ihtiyaç duyan biri. Jo-Jo iki kardeşini ıslah etmişti, ikisi de kendi dükkânlarını açmak üzereydiler.

Artık kalacak bir yerin ve belgelerin olduğuna göre bunları kendi yararına kullanmalısın. Zamanın var, kira ödemek için kıçını yırtmak zorunda değilsin, aklını kullan. Biraz para biriktir ve kendine bir iş satın al. Sosisli sandviç arabalarımdan birini sana ucuza satarım istersen. Sürekli plata kazandırdıklarını görüyorsun. Sonra aileni buraya getir, kendine güzel bir ev satın al ve büyümeye çalış. Amerikan tarzı budur.

Papi kendi *negocio*'su istiyordu, bu onun düşüydü, fakat sosisli sandviç satarak en alt basamaktan başlamak istemiyordu. Etrafındaki adamların çoğu meteliksizdi ama gemiden iner inmez sırtlarındaki suyu silkeleyip Amerikan düzeninin alt dallarına tutunmayı başaranları da görmüştü. Kendisi için böyle bir sıçrama hayal ediyordu, çamurun içinden yavaş yavaş ilerlemeye çalışmak değildi hayalindeki. Ne olduğunu ve nereye varacağını bilmiyordu.

Doğru yatırımı bulmaya çalışıyorum, dedi Jo-Jo'ya. Yemek sektörü bana göre değil.

Hangi sektör sana göre öyleyse? diye sordu Jo-Jo. Restorancılık siz Dominiklilerin kanında var.

Biliyorum, dedi papi, fakat yemek işi bana göre değil.

Daha kötüsü Jo-Jo aileye sadakat konusuna girip babamın canını sıkıyordu. Bütün senaryolar papi'nin ailesinin onun yanında güvende bir yaşam sürmeleri ve onu sevgiye boğmalarıyla sonuçlanıyordu. Babam arkadaşının inancının dayandığı iki şeyi birbirinden ayırmakta zorlanıyordu; negocio ve *familia*. Sonunda ikisi olanaksız bir biçimde birbirlerine dolanıyorlardı.

Papi yeni hayatının mırıltısıyla bizi rahatlıkla unutabilirdi, fakat vicdanı ve mami'nin onu gittiği her yerde bulan mektupları buna izin vermiyordu. Mami'nin düzenli olarak gönderdiği mektuplar yüzüne inen tokatlar gibiydi. Papi mektupları sadece okuyup yanıtlamadığı için artık tek taraflı bir yazışma söz konusuydu. Mektupları ürkütücü bir beklentiyle açıyordu. Mami ayrıntılı bir biçimde çocukların nasıl acı çektiklerini yazıyordu; küçük oğlan o kadar kansızdı ki insanlar onu hayata dönmüş bir cesede benzetiyorlardı; büyük oğlan barrio'da oynarken ayağını yarmış ve sözde arkadaşlarıyla yumruklaşmıştı. Mami kendi durumundan asla söz etmiyordu. Ona oğullarını terk ettiği için bir *desgraciado* hatta puto'nun önde gideni olduğunu yazıyordu; hain bir solucan, taşaksız bir cabron'du. Papi sarhoş olduğunda mektupları Jo-Jo'ya gösteriyor, Jo-Jo başını sallayıp iki bira daha söylüyordu. Sen, *compadre*, çok şeyi yanlış yaptın. Böyle devam edersen hayatını harcayacaksın, diyordu Jo-Jo.

Ne yapabilirim? Bu kadın benden ne istiyor? Onlara para gönderiyorum. Burada açlıktan ölmemi mi istiyor?

İkimiz de ne yapman gerektiğini biliyoruz. Bütün söyleyeceğim bu, bunun dışında bir şey söylersem boşuna nefes tüketmiş olacağım.

Papi kaybolmuştu. İşten eve dönerken uzun ve tehlikeli yürüyüşler yapıyor, bazen eve el boğumları şiş, üstü başı darmadağın geliyordu. Nilda'dan ilk çocuğu baharda doğdu, erkek, onun da adını Ramón koydu. Bu bir kutlama nedeniydi fakat arkadaşlar arasında bir kutlama yapılmadı. Çoğunun öteki ailesinden haberleri vardı. Nilda bir terslik olduğunu, papi'nin bir parçasının başka bir yerde olduğunu seziyordu, fakat konuyu her açtığında papi bir şeyi olmadığını söylüyordu.

Jo-Jo, Amerika'ya gelmesine destek olduğu akrabalarını karşılamak üzere, neredeyse zorunluluğa dönüşen bir düzenlilikle papi'den onu arabayla Kennedy Havalimanı'na götürmesini istiyordu. Jo-Jo bütün zenginliğine rağmen araba sürmeyi bilmiyordu, arabası yoktu. Papi Nilda'nın Chevy steyşın arabasını ödünç alıp havalimanına varmak için bir saat trafikle boğuşuyordu. Mevsime göre Jo-Jo birkaç palto ya da bir soğutucuda dükkânının raflarından alınmış meşrubatlar getiriyordu – bu özel bir ikramdı çünkü Jo-Jo'nun temel kuralı kedi stokundan asla yararlanmamaktı. Terminale girdiklerinde babam başına sıkıca geçirdiği beresiyle ve elleri cebinde arkada dururken, Jo-Jo akrabalarını karşılamak üzere öne atılıyordu. Babam artık İngilizceyi sökmüştü ve daha iyi giyiniyordu. Akrabaları ellerinde karton koliler ve kanvas çantalarla şaşkın ve gülümseyerek belirdiği anda Jo-Jo'nun aklı başından gidiyordu. Ağlaşmalar ve birbirleriyle *abrazo*'lar. Jo-Jo papi'yi kardeşi olarak tanıştırıyor ve papi ağlaşan insanlardan oluşmuş bir çemberin içine çekiliyordu. Papi'nin gelenlerin yüzlerini karısının ve çocukların yüzleriyle değiştirmesi gayet doğaldı. Adadaki ailesine tekrar para göndermeye başladı. Papi'nin Nilda'dan tütün satın almak ve loto oynamak için borç para istemesi Nilda'nın dikkatini çekti. Benden para istemeye neden ihtiyaç duyuyorsun? diye sordu. Sen bu yüzden çalışmıyor musun? Bakmamız gereken bir bebeğimiz var. Ödememiz gereken faturalar var.

Papi ona, Çocuklarımdan biri öldü, dedi. Cenaze masrafını karşılamam gerek. Beni rahat bırak.

Bana neden söylemedin?

Papi elleriyle yüzünü örttü, fakat ellerini indirdiğinde Nilda ona kuşkuyla bakmaya devam ediyordu.

Hangisi? diye sordu. Papi elini sakarca salladı. Nilda yere kapaklandı ve ikisi de tek kelime etmediler.

Papi, Batı New York'ta Reynolds Alüminyum Şirketi'nde radyo işinden kazandığının üç katını kazandıran sendikaya bağlı bir iş buldu. İşe gidip gelmek iki saatini alıyordu ve yaptığı iş çok ağırdı, fakat istekliydi – parası ve sunduğu imkânlar olağanüstüydü. Hayatında ilk kez göçmen arkadaşlarının içinde bulundukları karanlıktan çıkma fırsatı bulmuştu. Irkçılık yaygındı. İki kez kavga etmiş, ikisi de patrona rapor edilmişti. Gözetim altındaydı. Çalışmaya devam edip o dönemi atlattı, maaşına zam yapıldı ve en kötü vardiyalarda çalışmasına rağmen departmanının performans derecelendirmesinde birinci oldu. Beyazlar en kötü vardiyaları ona ve arkadaşı Chuito'ya yüklüyorlardı. Baksana, diyorlardı, sırtına vurarak, bu hafta çocuklarımla biraz zaman geçirmem gerek. Şu gün benim yerime çalışmaya hayır demeyeceğini biliyorum.

Tamam, arkadaşım, derdi papi, çalışırım. Chuito bir keresinde patronlara şikâyette bulunduğunda *departmanın dayanışma ruhuna aykırı* davrandığı için hakkında rapor düzenlenmişti. İkisi de bir daha şikâyet etmediler.

Papi artık normal bir günde Jo-Jo'yu ziyaret edemeyecek kadar yorgun oluyordu. Akşam yemeğini yedikten sonra şiddet dolu kavgalarıyla onu mest eden Tom ve Jerry'yi izliyordu. Nilda, gel izle şunu! diye bağırıyordu. Nilda sözünü dinleyip ağzında toplu iğneler ve kolunda bebekle geliyordu. Papi'nin kahkahaları o kadar yüksekti ki üst katta Milagros olup biteni izlemeden ona katılıyordu. Ah, bu harikulade, diyordu. Şuna bak! *Öldürüyorlar* birbirlerini!

Bir gün akşam yemeğinden ve televizyon karşısında geçirdiği

141

zamandan feragat edip Chuito ile güneye gitti, New Jersey'nin hemen dışında Perth Amboy adında küçük bir kasabaya. Chuito, Gremlin marka arabasını inşaat halindeki bir mahalleye park etti. Toprağa devasa vinçler yerleştirilmişti ve inanılmaz yükseklikte kuleler oluşturan tuğlalar binalara dönüşmeyi bekliyorlardı. Yeraltına yeni borular döşeniyordu ve havada kesif kimyasal kokusu vardı. Hendeklerin etrafında adamlar dolanıyor, bazıları kamyonlarda uyuyorlardı.

Burası için işe adam alan bir arkadaşım var, dedi Chuito.

İnşaatta çalışmak için mi?

Hayır, inşaat bittikten sonra bina sorumlularına ihtiyaç olacak. Sıcak suyun akmasını sağlayacak, banyolara yeni fayansların döşenmesini filan denetleyecek. İyi iş aslında. Yakındaki kasabalar sessiz, gringo'lar iyi. Dinle Ramón, istersen sana burada bir iş ayarlayabilirim. Taşınmak için iyi bir yer. Kent dışında, güvenli. Adını listenin başına yazdırırım, inşaat bittiğinde kolay ve rahat bir işin olur.

Bu kulağa düş gibi geliyor.

Düşleri unut. Bu gerçek, compadre.

İki adam bir saat kadar şantiyeyi gezdikten sonra Brooklyn yolunu tuttular. Papi sessizdi. Kafasında bir plan oluşmaya başlamıştı. Ailesini adadan getirdiği takdirde buraya yerleştirebilirdi. Sessiz ve işine yakın bir yerdi. En önemlisi komşular onu tanımayacak, Amerika'daki karısını bilmeyeceklerdi. O gece eve vardığında Nilda'ya nereye gittiğini söylemedi. Kuşkulanmasını ve çamurlu ayakkabıları yüzünden kıyameti koparmasını umursamadı.

Papi eve paraya göndermeye devam etti. Jo-Jo'nun kasasında uçak biletleri için hatırı sayılır bir meblağa birikmeye başlamıştı. Güneşin bütün evi kapladığı ve gökyüzünün tek bir bulut bile barındıramayacak kadar ince ve mavi göründüğü bir sabah, Nilda, Ben bu yıl Ada'ya gitmek istiyorum, dedi.

Ciddi misin?

Benim viejo'ları görmek istiyorum.

Bebek ne olacak?

Memleketi hiç görmedi, değil mi?

Hayır.

Patria'sını Görme zamanı geldi öyleyse. Ben önemli olduğu-
nu düşünüyorum.

Haklısın, dedi babam. Kalemini birkaç kez buruşuk tabak
altlığına vurdu. Sen ciddisin anladığım kadarıyla.

Sanıyorum öyle.

Belki ben de seninle gelirim.

Sen bilirsin. Nilda'nın ondan kuşkulanmak için nedenleri
vardı; papi plan yapmakta çok iyi fakat uygulamakta çok kötüy-
dü. Nilda ondan kuşkulanmayı bırakmadı, ta ki papi uçakta ya-
nında oturup asabiyetle katalogları, kusma torbasını ve güvenlik
önlemlerini incelemeye başlayıncaya kadar.

Papi Santo Domingo'da beş gün kaldı, Nilda'nın ailesinin ken-
tin batı ucundaki evinde. Ev parlak turuncu renge boyanmıştı
ve yakınında bir müştemilat ve ağılda dolanan bir domuz vardı.
Homer ve Josefa, Nilda'nın tio ve tia'sı, onları havalimanından
taksiyle almış ve kendi "yatak odalarını" vermişlerdi. Onlar "sa-
londa" yatıyorlardı.

O ilk gece Nilda babama, Onları görecek misin? diye sordu.
İkisi de tıka basa yedikleri yuka'lı *higado* yemeğini sindiremeye
çabalayan midelerini dinliyorlardı. Dışarıda horozlar birbirle-
riyle dalaşıyorlardı.

Belki, dedi papi. Zaman bulursam.

Burada olmanın tek nedeninin bu olduğunu biliyorum.

Bir adamın ailesini görmesinde yanlış bir şey mi var? Sen
bir nedenden ötürü eski kocanı görmek isteseydin ben sana izin
verirdim.

Karın beni biliyor mu?

Tabii ki biliyor. Artık önemi yok zaten. O fotoğrafın tama-
men dışında.

Nilda bir şey demedi. Papi çarpmakta olan kalbini dinleyip kurnaz hatlarını sezmeye başladı.

Uçakta kendinden gayet emindi. Koridorun karşı tarafında oturan *vieja*'yla sohbet etmiş, ona heyecanından söz etmişti. Memlekete dönmek her zaman güzeldir, demişti kadın ürkekçe. Ben fırsat buldukça giderim, ama son zamanlarda çok sık gitmiyorum. Gidişat iyi değil.

Doğduğu ülkeyi, artık sorumlu mevkilere gelmiş arkadaşlarını görmeye hazırlıklı değildi. Ciğerlerindeki hava aniden boşaldı. Dört yıl boyunca Amerikalıların önünde İspanyolcasını yüksek sesle konuşmaktan kaçınmıştı ve şimdi dilinin bütün ağızlardan kükreyerek çıktığını duyuyordu.

Gözenekleri açıldı, yıllardır böyle terlememişti. Sıcaklık dayanılır gibi değildi. Kırmızı toz boğazını kurutmuş, burnunu tıkamıştı. Yoksulluk –kasvetli bir biçimde yeni ayakkabılarını işaret eden yıkanmamış çocuklar, derme çatma evlerde kamburlarını çıkararak oturan aileler– bildik ve boğucuydu.

Guagua'yla Boca Chica'ya giderken ve Alcâzar de Colón'un önünde Nilda ile fotoğraf çektirirken kendini turist gibi hissetmişti. Nilda'nın ailesinin arkadaşlarının evlerinde günde iki üç öğün yemek zorunda kalıyordu; neticede Nilda'nın Kuzey'den gelen yeni ve başarılı kocasıydı. Josefa'nın bir tavuğun tüylerini yoluşunu seyretti, ıslak tüylerin ellerine ve yere yapışışını. Kendisinin de aynı şeyi defalarca yaptığını hatırladı, Santiago'da, artık ait olmadığı ilk evinde.

Ailesini görmeye karar veriyor fakat her seferinde kararlılığı kasırga rüzgârının savurduğu yapraklar gibi savrulup kayboluyordu. Onun yerine ordudaki arkadaşlarını ziyaret etti ve üç günde altı şişe *Brugal* içti. Sonunda, ziyaretinin dördüncü gününde, en iyi giysilerini giydi ve iki yüz doları katlayıp cebine koydu. Bir guagua'ya binip Sumner Welles'e ve eski barriosu'nun kalbine yolculuk etti. Her köşede bir calmado vardı, bütün duvarlar reklam panolarıyla kaplanmıştı. Çocuklar birbirlerini

yakındaki binalardan aldıkları cüruf briketleriyle kovalıyorlardı
– bazıları guagua'ları taşlıyorlar, kaportaya çarpan taşların çıkardığı ses yolcuların yerlerinde doğrulmalarına neden oluyordu.
Guagua acı verici derecede yavaş ilerliyordu, duraklar arasında
dört adımlık mesafe vardı sanki. Sonunda otobüsten indi ve iki
blok ötedeki Tunti'ye yürüdü. Hava incelmişti ve güneş saçında
yangın gibiydi, yüzünden aşağı ter akıyordu. Tanıdığı insanlar
gördü. Colmado'sunda somurtarak oturan Jayson, sonradan
bakkal olmuş bir asker. Tavuk kemiği kemiren Chicho, ayaklarının dibinde yeni boyanmış bir dizi ayakkabı. Babam belki
daha fazla devam edemeyip orada durdu, belki de gittiğinden
beri boyanmamış eve kadar yürüdü. Belki evin önünde durdu ve
dışarıda oynayan çocuklarının onu tanımasını bekledi.

Sonunda bizi ziyaret etmedi. Mami, arkadaşlarından öteki
karısıyla kentte olduğunu duyduysa bile bunu bize hiçbir zaman söylemedi. Yokluğu kanıksadığım bir şeydi. Oyun oynarken yabancı bir adam abimle benim yanımıza gelip adlarımızı
sormuşsa bile ben şimdi hatırlamıyorum.

145

Papi Amerika'daki evine döndü ve eski rutinine girmekte zorlandı. Ömründe üç kez aldığı hastalık izninden ilki o zamandı
ve birkaç gününü televizyonun karşısında ve barda geçirdi. Jo-Jo'nun iki kez yaptığı *negocios* kurma teklifini geri çevirdi. İlki
başarısızlıkla sonuçlandı ve Jo-Jo'ya ağzındaki "altın dişlere" mal
oldu, fakat ikincisi, Smith Caddesi'ndeki FOB giyim mağazası
ona tonla para kazandırdı. Jo-Jo'ya dükkânın satılığa çıktığını Perth Amboy'da yaşamaya devam eden arkadaşı Chuito'dan
öğrenen babam önermişti. London Terrace apartmanları henüz
açılmamıştı.

Babam ve Chuito işten sonra Smith ve Elm caddelerindeki
barlarda kafa çekiyorlar, babam bazen geceleri Perth Amboy'da
kalıyordu. Nilda üçüncü Ramón'u doğurduktan sonra kilo almaya devam etmişti. Babam her ne kadar tombul kadınlardan

hoşlansa da aşırı şişman kadınları sevmezdi ve eve gitme isteği duymuyordu. Senin gibi bir kadını kim ne yapsın? diyordu Nilda'ya. Sürekli kavga ediyorlardı. Kilitler değiştiriliyor, kapılar kırılıyor, karşılıklı tokatlar atılıyor, fakat hafta sonları ve nadiren hafta arası geceleri birlikte geçiriliyordu.

Yaz ortasında, dizel yük kaldırma araçlarından yükselen patates kokulu dumanlar fabrikaları boğarken, bir vinci yerine oturtmaya çalışan iş arkadaşına el veren papi omurgasının ortasında bir sancı hissetti. Hey, itmeye devam etsene göt, diye hırladı öteki adam. Papi önce sağa kıvrıldı, sonra sola kıvrıldı, ardından bir şey kütürdedi. Papi dizlerinin üzerine çöktü. Sancı o kadar yoğundu ki içinden ateşten bir top gibi geçti ve papi fabrikanın beton zeminine kustu. İş arkadaşları onu yemekhaneye taşıdılar. İki saat soyunca tekrar tekrar yürümeyi denedi ama yürüyemedi. Chuito kendi departmanından geldi, arkadaşı için kaygılanmakla birlikte işine izin almadan ara verdiği için patronları kızdıracağından korkuyordu. Nasılsın? diye sordu.

İyi değilim. Beni buradan çıkar.

İşin başından ayrılamayacağımı biliyorsun.

Öyleyse bir taksi çağır. Eve gitmem gerek. Yaralanan herkes gibi eve gitmenin onu kurtaracağını düşünüyordu.

Chuito ona bir taksi çağırdı; diğer iş arkadaşlarından hiçbiri işlerine ara verip babamın dışarıya yürümesine yardım etmedi.

Nilda onu yatağa yatırdı ve restoranı kuzenine emanet etti. Jesu! diye inledi papi ona. Biraz hafiften almam gerekirdi. İki saat daha hafiften alsaydım şimdi evde, senin yanındaydım. Bunu biliyor musun? İki saat daha.

Nilda önce merhem satın almak için *botanica*'ya, sonra aspirin satın almak için *bodega*'ya gitti. Bakalım eski büyü ne kadar iş görüyor, dedi, merhemi papi'nin sırtına sürerek.

Papi iki gün hiç hareket edemedi, başını bile oynatamadı. Çok az yemek yedi, sadece Nilda'nın uydurduğu çorbaları. Birkaç kez uyuyakaldı ve uyandığında Nilda evde yoktu, şifalı ot çayı almaya gitmişti. Milagros kocaman gözlükleriyle kasvetli bir baykuş gibi başında bekliyordu. *Mi hija*, ölüyorum galiba, dedi babam.

Ölmeyeceksin, dedi Milagros.

Ya ölürsem?

O zaman annem yalnız kalır.

Babam gözlerini kapatıp Milagros'un gitmesi için dua etti. Gözlerini tekrar açtığında Milagros gitmişti ve Nilda eski bir tepside buharı tüten yeni bir devayla kapıdan içeri giriyordu.

Babam dördüncü gün kendi başına doğrulup hasta olduğunu bildirmek için fabrikayı aramayı başardı. Sabah vardiyası şefine fazla hareket edemediğini söyledi. Sanıyorum yatakta kalacağım, dedi. Şef ona hastalık izni almak için fabrikaya gelmek zorunda olduğunu söyledi. Babam Milagros'a telefon rehberinden bir avukat bulmasını söyledi. Dava açmayı düşünüyordu. Düşler gördü, düşlerinde altın yüzükler ve bütün odalarında kafes içlerinde tropik kuşların bulunduğu ve deniz rüzgârlarının estiği büyük evler gördü. Telefon ettiği kadın avukat sadece boşanma davalarına baktığını söyledi, fakat abisinin numarasını verdi.

Nilda papi'nin planına olumlu bakmıyordu. Sence gringo parasından bu kadar kolay ayrılır mı? Tenleri parasız kalacaklarından korktukları için bu kadar beyaz. Yardım etmeye çalıştığın adamla konuştun mu? İşini senin işini kaybettiğin gibi kaybetmemek için büyük olasılıkla patronlardan yana tanıklık edecektir. *Maricon*'un maaşına da zam yapacaklardır muhtemelen.

Ben kaçak değilim, dedi babam. Sendikalıyım.

Bence bu işten vazgeç.

Fikrini almak için Chuito'yu aradı. Chuito da pek iyimser değildi. Patron ne yapmaya çalıştığını biliyor. Hiç hoşnut değil. İşinin başına dönmezsen kovulacağını söylüyor.

Cesaretini yitirmeye başlayan papi bağımsız bir doktora görünmenin ona kaça patlayacağını hesaplamaya başladı. Muhtemelen babasının ayağını düşünüyordu. Babası, José Edilio, annesiyle hiçbir zaman evlenmediği halde ondan dokuz çocuk yapan boşboğaz avare, Río Piedras'ta bir otelin mutfağında çalışırken benzer bir işe kalkmıştı. José kazayla ayağına bir kutu haşlanmış domates düşürmüştü. Ayağında iki küçük kemik kırılmış fakat doktora gideceği yerde mutfakta topallayarak çalışmaya devam etmişti. Her gün iş arkadaşlarına gülümseyip, Sanıyorum bu ayağın çaresine bakmanın zamanı geldi, diyordu. Sonra ayağını patrona gösterdiğinde ne kadar kötü olursa o kadar çok para alacağını hesaplayarak ayağının üzerine bilerek bir kutu daha düşürdü. Bunu duymak büyüme aşamasında olan papi'mi çok üzmüş ve utandırmıştı. İhtiyarın ayağına beyzbol sopasıyla vuracak birini bulmak için bütün barrio'yu dolaştığı rivayet ediliyordu. Ayağı ihtiyar için bir yatırımdı, üzerine titreyip özenle cilaladığı bir baba yadigârı. Enfeksiyon iyice ilerleyip kesilinceye kadar.

Bir hafta sonra, avukatlardan telefon gelmeyince, papi şirket doktorunu görmeye gitti. Omurgasının içinde kırk cam parçası varmış gibi hissediyordu, fakat sadece üç hafta hastalık izni alabildi. Doktorun talimatlarını göz ardı edip günde on ağrı kesici hap yuttu. Biraz düzeldi. İşe döndüğünde çalışabiliyordu ve bu yeterliydi. Fakat patronlar onu bir sonraki kademeye yükseltmeme yönünde oy kullandılar ve işe ilk başladığında çalıştığı değişken vardiyaya atadılar.

Kendini eleştireceğine suçu Nilda'ya yükledi. Ona, puta, diye hitap etmeye başladı. Yenilenmiş bir güçle kavga etmeye başladılar; turuncu fil fırlatıldı ve dişlerinden birini kaybetti. Nilda papi'yi iki kez kapıya koydu fakat Jo-Jo'da geçirdiği iki haftadan sonra dönmesine izin verdi. Papi oğlunu daha az görüyor, çocuğun beslenme ve bakım rutinini bütünüyle göz ardı ediyordu. Üçüncü Ramón evin içinde fırıldak gibi dönüp duran güzel bir çocuktu. Papi çocukla oynamakta iyiydi, onu ayağından tutup yerde sürüklüyor, yanlarını gıdıklıyordu, fakat üçüncü Ramón yakınmaya başladığı anda oyun bitiyordu. Nilda, gel şununla ilgilen, diye sesleniyordu.

Üçüncü Ramón papi'nin öteki oğullarına benziyordu ve babam bazen, Yunior, yapma, diyordu. Nilda bunu duyduğunda kuduruyordu. Maldito, diye haykırıp çocuğu yerden alıyor, Milagros ile yatak odasına kapanıyordu. Babam fazla çuvallamıyor ama üçüncü Ramón'a kaç kez ikinci Ramón'u düşünerek hitap ettiğinden hiçbir zaman emin olamıyordu.

Sırtının ağrısı ve Nilda ile yaşadığı sorunlarla hayatı iyice boka saran papi gitmesi gerektiğini düşünmeye başladı. Mantıklı adres ilk ailesiydi. Onları kurtarıcı olarak görmeye başladı, kötü talihini tersine çevirecek canlandırıcı bir güç. Bunu Jo-Jo'ya söyledi. Nihayet akıllanmaya başlıyorsun, dedi Jo-Jo. Chuito'nun yakında fabrikadan ayrılacak olması da onu harekete geçmeye iten nedenlerden biriydi. Açılışı kimyasal atık alanına inşa edildiği rivayeti yüzünden ertelenen London Terrace Apartmanları sonunda açılmıştı.

Jo-Jo papi'ye ihtiyaç duyduğu paranın ancak yarısını vermeyi taahhüt edebildi. Jo-Jo başarısız negocio'suna para akıtmaya devam ediyordu ve toparlanmak için zamana ihtiyacı vardı. Papi bunu ihanet saydı ve arkadaşlarına da öyle anlattı. Konuşmaya gelince mangalda kül bırakmıyor, fakat eylem zamanı geldiğinde hava gazı. Bu ithamların kulağına gitmesine ve onu yaralamasına rağmen Jo-Jo yine de hiçbir şey demeden parayı verdi. Jo-Jo böyleydi. Papi, paranın kalanını denkleştirmek için hesapladığından birkaç ay daha fazla çalışmak zorunda kaldı. Chuito onun için bir daire ayırdı ve birlikte daireyi döşemeye başladılar. Papi işe giderken yanına birkaç gömlek alıyor ve Chuito gömlekleri daireye götürüyordu. Bazen ceplerine çorap ve iç çamaşırı sokuşturuyordu. Kendini ufak ufak Nilda'nın hayatından kaçırıyordu.

149

Giysilerine ne oluyor? diye sordu Nilda bir gece.

Bobo kuru temizleyici, dedi babam. Giysilerimi kaybedip duruyor. İzin günümde gidip onunla konuşacağım.

Benim konuşmamı ister misin?

Ben hallederim. Çok aksi bir herif.

Ertesi sabah Nilda onu yemek çantasına iki guayabera sokarken yakaladı. Bunları yıkatmaya göndereceğim, dedi babam. Ben halledeyim.

Senin işin başından aşkın. Böylesi daha kolay.

Pek ikna edici değildi.

Sadece gerektiğinde konuşuyorlardı.

Yıllar sonra Nilda ile konuştum. Babam bizi tamamen terk ettikten ve Nilda'nın çocukları evden taşındıktan sonra. Milagros'un kendi çocukları vardı, masaların üstü ve duvarlar onların fotoğraflarıyla kaplıydı. Nilda'nın oğlu JFK Havalimanı'nda bagaj indiriyordu. Kız arkadaşıyla bir fotoğrafını gördüm. Kardeş olduğumuz kuşku götürmezdi, gerçi onun yüzü daha simetrikti.

Mutfakta oturduk, aynı evde. Binanın ön duvarına atılan lastik topun sesini dinledik. Nilda'nın adresini bana annem vermişti (O puta'ya selamımı söyle, demişti), ve avucuma yazılı adresle, üç tren değiştirmiş ve üç blok yürümüştüm.

Ben Ramón'un oğluyum, dedim.

Bunu görüyorum.

Con leche'li kahve yaptı, yanında kurabiye ikram etti. İstemem, teşekkür ederim, dedim. Ona soru sorma isteğimi yitirmiştim, orada oturmak bile istemiyordum. Öfkenin geri gelmek gibi bir huyu var. Ayaklarıma baktım ve muşambanın eski ve kirli olduğunu gördüm. Nilda'nın saçı beyazlamıştı ve kısa kesilmişti. Oturup kahve içtik ve sonunda konuştuk, farklı açılardan tanık olunmuş bir olayı –bir kasırgayı, bir kuyruklu yıldızı, bir savaşı– yeniden yaşayan iki kişi.

Bir sabah gitti, dedi sessizce. Bir şeylerin yolunda olmadığını biliyordum çünkü yatakta yatağa uzanmış hiçbir şey yapmadan saçımı okşuyordu. Saçım çok uzundu o zaman. Pentikosttum.* Genellikle yatakta kalmazdı. Uyanır uyanmaz duş yapar, giyinir

---

* Apostolik Pentikostalizmde kadınlar genellikle uzun etekler giyer ve saçlarını kesmezler. Bunun kendilerini diğer insanlardan ayırdığına, kutsallıklarını sürdürmelerinin bir biçimi olduğuna inanırlar. *–yhn*

ve çıkardı. Öyle bir enerjisi vardı. Fakat o sabah kalktığında küçük Ramón'un yanına gitti. İyi misin, diye sordum. İyi olduğunu söyledi. Onunla kavga etmek istemiyordum, uykuya döndüm. Gördüğüm düşü hâlâ düşünürüm. Gençtim ve doğum günümdü ve bir tabak dolusu bıldırcın yumurtası yiyordum, hepsi benim içindi. Aptal bir düştü gerçekten. Uyandığımda eşyalarının gitmiş olduğunu gördüm.

Yavaşça parmaklarını kütletti. Acım hiç geçmeyecek sandım. O zaman annen için nasıl olduğunu anladım. Bunu ona söyle.

Hava kararıncaya kadar konuştuk, sonra kalktım. Mahallenin çocukları gruplaşmış, sokak lambasının oluşturduğu saydam bulutlarının içine girip çıkıyorlardı. Nilda bana restoranına gitmemi önermişti, fakat oraya varıp vitrindeki yansımamın içinden içerideki insanları gördüğümde eve gitmeye karar verdim, hepsi çok iyi bildiğim insanların çeşitlemeleriydi.

Aralık. Aralık ayında gitti. Fabrika ona iki hafta izin vermişti. Nilda'nın bundan haberi yoktu. Mutfakta bir fincan sade kahve içti, fincanı yıkayıp kuruması için bulaşık sepetine bıraktı. Ağladığına ya da asabi olduğuna ihtimal vermiyorum. Bir sigara yaktı, kibriti mutfak masasının üstüne fırlattı ve güneyden uzun ve soğuk esen rüzgâra çıktı. Caddede gezinen boş taksileri dikkate almadan Atlantic Caddesi'nde yürümeye başladı. O zamanlar bu kadar çok mobilya ve antika dükkânı yoktu. Art arda sigara içerek paketi bir saat içinde bitirdi. Yurtdışında çok pahalı olacağını düşünerek büfeden bir karton sigara satın aldı.

Bond Caddesi'ndeki ilk metro istasyonu onu havalimanına götürürdü ve ben ilk trene bindiğini düşünmek istiyorum, oysa muhtemelen önce Chuito'nun yanına gitmişti, bizi almak için güneye uçmadan önce.

SON

TEŞEKKÜRLER

Topluluğa, özellikle de Barrio XXI'e borçluyum. Bize göz kulak olanlara da.

Yıllarca ailem bana destek oldu: Virtudes, Rafael, Maritza, Mari, Paul, Julito, Mercedes, Julio Angel, David, Miguel, Yrma, Miguel Angel, Mildred, Vanessa, Jeffrey, Y los abuelos, Osterman y Elba.

Dostlarım olmadan yazmak imkânsız olurdu: Michiyuki Ohno, John Steward, Brian O'Halloran, Roberto García, Victor La Valle, Nina Cooke, Andres Hernandez, Homero del Pino, Joe Marshall, Helena María Ramirez, Silvio Torres Saillant, Juan Garcia, Raymond Ramirez, Wendy Cortes, Jennifer Townley ve adamım Anthony Ramos. Pete Rock inandı bana. C. A. Da. The Welfare Poets müzik verdi bana. Paula Moya tam bir kız kardeş, akıl hocası ve mucizeydi. Bernard Wang kardeşimdir, coño. Hayatımı ona borçluyum. Hector Luis Rivera başka bir mucizeydi. Bir griot ve hermano'ydu. Teşekkürler, evlat. Andrea Greene, Haşin Olan. Mi alma y mi corazón.

Lois Rosenthal bana arka çıktı ve hayatımı değiştirdi. Seni asla unutmayacağım, Lois. Nicky Weinstock, Jamie Linville ve

Malcolm Jones'a da borçluyum. Cressida Leyshon tam bir mucizeydi. Bill Buford, haydut seni, arkamı kolladı. Teşekkürler.

Süper Lily Oei, perde arkasında tam bir fırtınaydı. Nicole Wan ve tüm Riverhead grubu, bu kitabın var olması için dişini tırnağına takıp çalıştı. Onlara çok minnettarım. Julie Grau bu öyküleri güzel yapabilmek için fena çalıştı. Sen ve içgörün olmadan bu kitap, eksik kalırdı, Julie. Teşekkürler.

Ve son olarak, menajerim, Nicole. Bir kız kardeş, bir dost, bir Güneş ve Ay'sın benim için. Sen inandın ve insanlar dinledi.

¡Guasábara!

SÖZLÜK

Abrazo: Kucaklaşma
Abuela: Büyükanne, nine
Abuelo: Dede, büyükbaba
Aguantando: Dayanmak, katlanmak
Amapola: Gelincik çiçeği
Arroz negro: Siyah pilav
Askho: Tiksinti
Ay, Dios Mío: Ah, Tanrım
Bacalao: Genellikle kurutulmuş moringa balığı
Barrio: Mahalle, semt
Bella: Güzel
Bendición: Şükürler olsun
Blanco: Beyaz tenli
Bobo: Aptal, lanet
Bodega: Eczane
Botanica: Aktar
Bravo: Öfkeli, kızgın
Brujo: Büyücü
Buenos dias: İyi günler
¿entiendes: Anladın mı?

Cabrón: Piç kurusu; yavşak gibi anlamlara gelir ve daha çok arkadaşlar arasında hitap amaçlı kullanılır.

Campesino: Köylü

Campo: Taşra, köy

Carajo: Hale bak; hadi be anlamında.

Cementerio Nacional: Ulusal Mezarlık

Chica: Kız. Argo tabirle piliç.

Chicharróne: Kızarmış domuz halkaları

Chinga: Düzüşmek, sikmek

Chisme: Dedikodu

Chocha: Vajina anlamına gelen argo bir tabir. Türkçe amcık, kukunun karşılığı olarak düşünülebilir.

Cobrador: Muavin

Colmado: Tekel büfeleri andıran fakat yiyecek çeşidinin daha fazla olduğu dükkânlar

Come mierda: Olmaz öyle şey, saçmalık anlamında

Cómo te sientes: Kendini nasıl hissediyorsun?

Compa'i: Dostum

Compadre: Dostum anlamındaki hitap ifadesi

Con leche: Süt

Concho: Taksi

Coño, compa'i, ¿cómo va todo?: Nasılsın, ne var ne yok?

Coño: Adı batasıca, kahrolasıca; aptal

Conuco: Ekili tarla

Cuatro: Dört

Cubano: Kübalı

Cuidate: Kendine dikkat et

Desgraciado: onursuz (kimse)

Ese: Şu

Empanada: İspanya ve Latin Amerika'ya özgü bir çeşit börek.

Familia: Aile

Finca: Toprak, mülk

Flaca: Kemik torbası

Flojo: Meteliksiz, beş kuruşsuz (kalmak)

Fulano: Adam, herif

Gandule: Bir çeşit bezelye

Garza: Balıkçıl

Gringa: İspanya ve Latin Amerika'da, özellikle Birleşik Krallık ya da Amerika Birleşik Devletleri'nden gelen yabancı kadınları tanımlamak için kullanılır.

Gringo: Yabancı, alışıldık olmayan. (İspanyolca konuşulan ülkelerde İspanyol ya da Latin olmayan, ama daha çok Amerikalıları anlatırken kullanılan bir ifade)

Guagua: Otobüs

Guanabana: Tarçın elması

Guapo: Yakışıklı

Guardia: İspanya'nın kolluk kuvveti

Guayabera: Gömlek

Guineo: Olgunlaşmamış muz

Hacienda: Daire, mülk

Harangue: Genelde saldırgan bir üslupla yapılan sohbet

Hermanito: Küçük kardeş

Higado: Ciğer yemeği

Hombres de negocios: İş adamı

Jaiva: Yengeç

Jes: İngilizceyi özellikle İspanyol aksanıyla konuşan kişilerin heyecanlı bir şekilde "evet" demesi

Juron: Bir sıçan türü

La migra: Göçmen bürosu

La Muda: Dilsiz

La Noche Buena: Noel Gecesi

La Vieja: Yaşlı kadın.

Las Tres Marias: Üç Yıldızlar. Orion Takımyıldızının parçası olan 3 yıldızın oluşturduğu yıldız kuşağı.

Leche: Sperm

Lechon: Yavru domuz kızartması
Lo hice Loco: İş tamam, dostum
Macho: Maço erkek anlamı dışında adamım, ahbap gibi hitap anlamlı da kullanılır
Madrina: Vaftiz anne
Malcriado: Şımarık çocuk
Maldito: Kahrolası
Malecon: Sahil
Mami: Anne
Maricon: Puşt
Maroma: Numara, hile
Mascota: Defter
Melao: Sevgili, tatlım anlamında
Mi hija: Kızım, evladım
Mojado: Meksika – ABD sınırını yasadışı yollarla geçen Meksikalı göçmenler için kullanılan aşağılayıcı bir ifade.
mondongo: Biftek, domuz ya da keçi etinden yapılan bir çeşit sebze yemeği.
Morena: Koyu tenli veya esmer hatun
Muchacho: Haşarı, işe yaramaz
Mucho: Çok fazla sayıda
Muneca: Çekici kadın
Negocio: İşyeri
Nena: Yavrum, bebeğim
Novia: Kız arkadaş, sevgili
Nueva york: New York
Olvidate: Unut gitsin, boş ver
Papi: Baba
Para mi madre, Virtudes Diaz: Annem Virtudes Díaz için
Pascua: Paskalya
Pastelito: Börek
Pato: Homo, nonoş
Patria: Ülke, memleket

157

Pava: Geniş kenarlı hasır şapka

Pendejo: Aptal, budala

Pepeton: Genellikle içinde Jose barından isimli kişiler için kullanılan bi çeşit lakap

Peon: Rençper

Pinga: Çük

Plata: Para

Platano: Muz

Pollo guisado: Tavuklu güveç

Ponchera: Tas, çanak

Porqueria: Döküntü, harap

Puta: Fahişe

Que Dios te bendiga: Tanrı seni eksik etmesin

Quinceanera: Kız çocukların on beşinci yaş günleri için kutlama yaptıkları, Meksika kökenli bir gelenek.

Ropa vieja: Küba tarzı sebzeli et sote

Sancocho: Et ve muzla yapılan bir güveç yemeği

Santera: Rahibe

Senora: Hanımefendi (Hitap amaçlı)

Sinvergüenza: Utanmaz, yüzsüz

Stupido: Aptal, gerzek

Sucia: Metres

Telera: Ekmek

Ten cuidado: Dikkatli ol.

Teta: Meme

Tia: Teyze, hala

Tiguere: Kaplan, kurnaz kişi, çakal

Tio: Amca, dayı, enişte

Toma: Al hadi.

Tostone: Muz kızartması

Toto: Vajina anlamına gelen argo bir tabir. Türkçe amcık, kukunun karşılığı olarak düşünülebilir.

Un desastre: Felaket